테라로사 커피 로드

COFFEE,
SPECIALTY COFFEE,
SPECIAL PEOPLE

테라로사 커피 로드

이윤선 지음

북하우스 엔

스페셜티 커피를 사랑하는 여러분께 드리는 편지

저는 요즘 어떤 커피 때문에 골머리를 앓고 있습니다. 브라질 농장에서 돌아와보니, 에티오피아 시다모 커피 때문에 약간의 소란이 있었던 모양입니다. 시다모를 구매한 몇몇 고객이 커피 맛이 바뀐 것을 알고 본인들이 평소에 마시던 시다모가 아니라고 강하게 항의했다는 것입니다. 문제는 그 고객들이 구매한 시다모 커피가 '시다모답지 않다'라는 것이었습니다.

제 변명을 조금 하자면, 커피 산지 중에 에티오피아만큼 좋은 커피를 구하기 어려운 나라도 없습니다. 나중에 책에서도 자세히 설명하겠지만, 에티오피아 정부는 ECX(Ethiopia Commodity Exchange)라는 새로운 시스템을 만들어 나라 안에서 생산되는 모든 커피를 지역별로 묶어 판매하고 있습니다. 또 모든 커피를 ECX를 통해 거래하게끔 해서 같은 농장의 커피를 계속 사는 것은 물론, 같은 지역의 커피를 사는 것조차 현실적으로 수월치 않습니다. 그래서 해마다 시다모 커피를 사오긴 하지만, 시다모 지역이 워낙 넓다 보니 작년에 샀던 그 지역의 시다모와 같은 것인가에 대해서는 누구도 확신하지 못하는 것이 사실입니다. 스페셜티 바이어들이 ECX 시스템이 처음 도입된 2008년부터 강력하게 에티오피아 정부에 항의하고 있습니다만 현재까지 변한 것은 없네요.

이번에 시다모 커피와 관련된 일을 겪으면서 저는 '우리가 어떤 커피에 대해 가지고 있는 맛의 이미지가 정말 그 커피의 진정한 특징이라고 어떻게 확신할 수 있는가?'라는 질문을 하게 되었습니다. 이번 시다모 건도 그렇지만, 우리가 어느 커피에 대해서 정확하게 이해한다는 것은 굉장히 복잡하고 어려운 일입니다. 커피 안에는 커피가 재배되는 산지의 기후와 토질, 커피의 품종 같은 기본적인 요소뿐 아니라 에티오피아의 경우처럼 정치 사회적 상황에서 비롯된 문제까지 복잡하게 얽혀 있기 때문입니다. 또 커피에 대해 정확히 알고 있다고 해도 항상 같은 품질의 커피를 구할 수 있는가는 또 다른 문제입니다.

　넓은 지역에서는 농장의 위치에 따라서도 커피의 맛이 크게 달라집니다. 예를 들어 서쪽 시다모 지역에서 나는 커피를 즐기던 사람에게는 동쪽 시다모 커피가 낯설고 그래서 같은 시다모 커피라고 생각하지 못하는 경우가 많습니다. 그만큼 특징이 서로 다르기 때문이지요. 그러나 서쪽 시다모는 서쪽 시다모대로, 동쪽 시다모는 동쪽 시다모대로 맛과 향이 있는 것이지 두 커피가 같지 않다고 해서 잘못되었다고 할 수는 없겠지요.

COE(Cup of Excellence)에서도 이런 '다름의 문제'는 항상 있습니다. 2010년 과테말라 COE의 경우만 해도 1등을 차지한 인헤르토 농장의 파카마라Pacamara는 정말 특색 있는 커피였습니다. 맛과 향이 우리가 일반적으로 알고 있는 과테말라 커피에서 연상되는 것과는 매우 달랐습니다. 그래서 저를 포함한 몇몇 심사관은 이 커피의 강하고 낯선 풍미에 놀라움을 금치 못했고, 특히 저 같은 경우는 커피의 이런 특징에 그리 호감을 느끼지 못했습니다. 그러나 반대로 몇몇 심사관들은 커피의 맛과 향에 감탄하며 화려한 미사여구로 그 매력을 묘사했습니다. 물론 심사관들 모두 이 커피가 매우 질 좋은 커피라는 점에는 동의했습니다. 낯설기는 했지만, 매우 좋은 촉감과 단단한 구조, 깊고 은은하게 오래가는 풍미를 가지고 있어서 기존의 과테말라 커피와는 사뭇 다른 특별한 커피임을 인정했던 것입니다. 그래서 모두 이 커피에 높은 점수를 주었고, 별로 호감을 느끼지 못했던 저 역시도 익숙하지 않을 뿐이지 좋은 커피라는 것을 인정할 수밖에 없었습니다.

　이처럼 COE에서도 사람에 따라 커피에 대한 기호와 평가가 달라집니다. 이 경우뿐 아니라 지금 사람들의 입에 오르내리고 있는 최고의 커피들 대부분이 우리의 고정관념을 벗어나는 커피들입니다. 과테말라 커피이지만 과테말라 커피가 지닌 고

유한 특징 외에 다른 무언가를 가지고 있는 커피, 파나마 커피이지만 일반적인 파
나마 커피가 지닌 특징 외에 또 다른 무언가를 지니고 있는 커피, 브라질 커피이지
만 그간의 브라질 커피에 없었던 특징을 가지고 있는 커피 등등. 모두가 사실은 우
리 머릿속에 고정된 특정 커피의 이미지에서 많이 벗어난 것들입니다. 이렇게 누가
느끼기에도 좋은 품질은 기본이고 그 위에 색다른 특징까지 가지고 있는 커피, 이런
것들이 바로 '스페셜티'가 아닐까요?

제 변명처럼 이렇게 많은 이야기를 늘어놓는 까닭은 '한국의 커피 시장이 커피에 대
해 얼마나 잘 이해하고 있는가?' 하는 자문을 하게 되었기 때문입니다. 커피업계에
종사하고 있거나 커피를 사랑하는 많은 사람이 스페셜티를 외치고 있지만, 실제로
스페셜티 커피의 특별함을 얼마나 제대로 이해하며 받아들이고 있는지 혹은 그럴 준
비가 되어 있는지 많은 생각이 머릿속을 어지럽힙니다. 누구나 아는 것처럼 스페셜
티는 평범한 커피에서는 찾아보기 어려운 맛과 향, 남다른 품질을 지니고 있기 때문
에 스페셜한 등급으로 분류되고 있습니다. 그러나 정작 우리가 이 특별한 커피의 특
징을 제대로 받아들이고, 발현시켜서 소비자들에게 제대로 전달하고 있는지에 대한
자문을 하게 됩니다.
　　커피 시장은 빠르게 변하고 있습니다. 그동안 커피를 마시지 않았던 커피 생산
국가에서도 커피를 마시기 시작했고, 중국을 비롯해 러시아, 한국 등이 새로운 커피
소비국으로 등장하며 커피 소비량이 점점 늘고 있습니다. 반면 이상기후로 말미암
아 전체 커피 생산량은 점점 줄고 있는 것이 현실입니다. 이와 함께 미국을 비롯한
기존의 커피 소비국의 소비자들은 값싼 커피 대신 돈을 더 주고서라도 고품질의 커
피를 마시기를 원합니다. 이런 소비자들의 갈망이 커피 시장의 흐름을 빠르게 변화
시키고 있습니다.

고품질 커피인 스페셜티는 아무리 수확이 좋아도 전체 커피 수확량의 10%가 채 되지 않습니다. 그리고 이 10%의 특별한 커피를 구하기 위해 점점 더 많은 사람이 경쟁하고 있습니다. 이런 현실을 생각하면 고작 신생 커피 소비국에 지나지 않는 우리나라에 현실적으로 얼마나 스페셜티가 들어오겠습니까?

옛말에 적을 알고 나를 알면 백전백승이라 했던가요? 우리나라의 커피 시장이 한때의 거품이 되지 않으려면, 커피업에 종사하는 분이든 소비자든 정확한 정보를 통해 커피를 접해야 한다고 생각합니다. 이런 준비가 있어야 스페셜한 커피를 제대로 받아들일 수 있고, 스페셜티 커피 시장에 한 걸음 더 다가설 수 있을 것입니다.

미흡하나마 지난 3년간 세계 각지의 커피 산지를 돌아다니며 보고 익힌 것들과 그곳에서 만난 특별한 사람들의 이야기, 그리고 스페셜티 바이어들과의 교류를 통해 느낀 점들을 책으로 묶어보았습니다. 스페셜티를 이해하고자 하는 분들에게 이 책이 지침서까지는 아니어도 지금의 커피 시장을 이해하는 데 작은 도움이라도 되기를 바랍니다.

끝으로 지난여름 책을 쓰는 일에만 매진할 수 있게 물심양면으로 도와주신 사장님과 테라로사 직원 여러분 그리고 미비한 제 글을 책으로 낼 기회를 주신 북하우스에 진심으로 감사드립니다.

2011년 10월 이윤선

CONTENTS

03 스페셜티 커피를 만드는 특별한 사람들의 이야기

에티오피아 · 126

커피 직거래의 시작, 엘레아나를 만나다 · 134
커피 상인이 된 투자 전문가 / 예가체페로 향하는 차 안에서 / 에티오피아가 선물한 소중한 인연

하라 골든빈의 진실을 찾아서 · 150
엘레아나에게서 온 뜻밖의 메일 / 12시간을 달리고 걸어 동하라로 / 그리고 골든빈을 보았다

에티오피아 커피, 포기할 수 없는 특별함 · 161
에티오피아 커피의 종류 / ECX 시스템과 에티오피아 커피의 미래

르완다 · 178

열정적인 커피 러버, 장 마리 · 184
2010 르완다 COE 대회 4위 마헴베 커피를 만나다 · 191

▸INFO◂ PEARL 프로젝트와 SPREAD 프로젝트 · 194

한국인 최초의
COE 국제 심사관이 되다

Muestra No. 9
Muestra No. 9
almacafé
almacafé

2009 니카라과 COE 대회
초대장을 받다

드디어 메일이 도착했다. 며칠 내내 전전긍긍하며 기다리던 메일이 드디어 도착한 것이다. 다름 아닌 '2009 니카라과 COE^{Cup of Excellence, 이하 COE}' 초대장!

"우리는 당신을 2009 니카라과 COE 국제 심사관으로 초대하게 된 것을 매우 영광스럽게 생각합니다. 올해 니카라과 COE는 이 대회를 시작한 지 50회를 맞는 특별한 행사로 진행될 예정이며, 아래 사항을 참고하시어 참석 여부를 알려주십시오."

얼마나 받아보고 싶었던 메일인가! 내 이름으로 도착한 초대장을 읽고 또 읽으면서도 믿어지지 않았다. 50회를 기념하는 특별한 대회에, 그것도 한국인으로는 최초로 국제 심사관으로 초대되다니! 그런데 초청 인사 명단을 보고 나는 다시 한번 입이 떡 벌어졌다.

초청 명단에는 COE 창립멤버이자 세계적으로 유명한 커퍼^{cupper, 커피 감별을 전문적으로 하는 사람}인 브라질의 실비오 레이테^{Silvio Leite}를 비롯, COE 창립 멤버로 지금의 COE 커핑 형식을 정립했다는 조지 하웰^{Gorge Howell}, 커피업계의 살아 있는 전설이라 불리는 인텔리젠시아^{Intelligentsia}의 그린빈 바이어 제프 와츠^{Geoff Watts}의 이름이 적혀 있었다. 그뿐 아니라 일본 스페셜티 커피

업계의 대부라 불리는 히데타카 하야시Hidetaka Hayashi와 그 뒤를 잇는 신진 세력의 중심인 마루야마 커피丸山珈琲의 겐타로 마루야마Kentaro Maruyama, 맛있는 커피를 찾기 어렵다는 영국에서 30여 년간 꾸준히 스페셜티를 고집하고 있는 몬마우스Monmouth의 창립자인 아니타 르 로이Anita Le Roy까지. 그동안 책이나 인터넷에서 이름만 들어봤던 전 세계 유명 커퍼들이 한 자리에 모이는 것이다. 정말이지 나만 빼놓고는 모두 다 숙련되고 노련한 커퍼들이었다.

사실 이 모든 사람들을 한자리에서 만나기란 거의 불가능한 일이라고 해도 과언이 아니다. 인텔리젠시아의 제프 와츠는 아무도 그의 행방을 모른다는 이야기가 있을 정도로 오늘은 과테말라, 내일은 콜롬비아로 옮겨다니며 1년 365일을 세계 각지의 커피 산지에서 보내고 있다. 일본의 히데타카 하야시 선생 또한 연초에 이미 1년치 비행기 티켓을 모조리 사놓을 정도로 눈코 뜰 새 없이 바쁜 스케줄이어서 이 분을 따로 만나기란 쉽지 않다. 어디 이들뿐이겠는가? 커피 감별을 전문적으로 하는 커퍼 대부분이 산지에 가서 생두를 구매하는 그린빈 바이어를 겸하는 경우가 많아서 자국과 산지를 오가며 바쁜 날들을 보내기 마련이다.

그러니 이 유명 인사들을 이렇게 한자리에 모이도록 한 2009 니카라과 COE 대회는 그만큼 특별한 의미를 지니고 있는 것이다.

내 직업은 커퍼다. 커퍼는 커피의 품질을 평가하는 사람을 일컫는 말로, 쉽게 말하면 와인의 맛과 향을 감별하는 소믈리에처럼 커피의 맛과 향을 감별하고 평가하는 사람이다. 바리스타가 에스프레소라는 커피 음료의 추출에 관련된 일을 전문적으로 하는 것처럼, 커퍼는 매해 생산되는 커피의 품질을 일정한 기준을 가지고 평가한다. 그리고 그 일련의 작업을 커핑cupping이라고 부른다.

커피 한 잔의 품질은 여러 단계를 거쳐야 비로소 평가가 가능하다. 이를 테면 재료의 품질이 좋은지, 로스팅과 제조가 제대로 되었는지, 추출이 제대로 되었는지 등 이 모든 과정을 세밀하게 관찰한 후에야 비로소 한 잔의 커피 품질이 결정된다. 커피 한 알에 커피의 맛과 향을 내는 수백 가지의 성분들이 존재한다는 것을 생각하면, 그리고 이 모든 성분들이 로스팅과 추출을 거치면서 전혀 다른 성분으로 결합하기도 하고 사라지기도 한다는 것을 고려하면, 실로 커피 한 잔의 품질 평가는 생각만으로도 복잡한 과정이다.

그래서 커핑은 이런 여러 단계 중 '재료'에 포커스를 맞춘다. 음식도 어떤 재료를 사용하느냐가 완성된 요리의 품질을 좌우하듯, 커피도 재료가 좋지 않으면 제아무리 훌륭한 로스팅 기술과 기계를 가지고 있다 하더라도 그 맛과 향을 내는 데 한계가 있다. 그래서 커핑에서의 품질 평가는 커피의 재료가 되는 생두, 즉 그린빈의 품질에 그 포커스를 맞추는 것이다.

커피는 어떤 음료보다도 복잡하고 다양한 맛과 향을 지니고 있다. 와인 한 모금에서 어느 품종의 포도가 어느 지방의 어떤 기후에서 어떻게 재배되었는지를 유추할 수 있듯, 커피도 한 모금을 통해 커피 한 잔이 되기까지 지나온 긴 과정을 모두 읽어낼 수 있다. 어떤 토질과 어떤 기후에서 어떻게 재배되어 어떤 맛을 풍기고 있는지, 로스팅이 제대로 되어 커피가 가진 모든 향을 다 발산하고 있는지, 혹시 문제가 있다면 재료의 문제인지 제조의 문제인지 아니면 추출이 잘못되었는지 등 커피 한 잔을 통해 우리는 커피 한

1 2 3 4 5 6 7
Seción: 1
25-5-2010

알이 아프리카, 중남미 대륙을 건너 한국에 오기까지의 긴 여정을 읽어낼 수 있는 것이다.

다만 지금까지 우리가 접해온 커피들 대부분이 이런 풍미를 읽어내기에는 부족한 품질이었기 때문에 커피 맛이 거기서 거기라고 느낄 수밖에 없었던 것이다. 더욱이 우리 커피 시장의 중심이 원두커피보다는 인스턴트커피였기에 커피 본연의 풍미보다는 가공을 통해 만들어낸 인공적인 커피 향이 우리에게 훨씬 익숙하다.

사정이 이렇다보니 커피 마니아라고 불리는 사람들조차 커피 품질에 대해 정확하게 이해하기가 쉽지 않고, 그저 비싸면 좋은 커피라고 생각하는 경향이 있다. 그런데 커피는 값을 후하게 쳐주어도 품질이 좋지 않은 경우가 허다하다. 재료 상태에서는 커피의 품질을 구분하기가 어렵기 때문이다. 외관상 아무리 좋아 보여도 막상 맛을 보면 품질이 형편없는 것들도 많고, 반대로 별 기대 없었는데 막상 맛을 보니 빼어나게 맛있는 커피들도 있다. 옛말에 물건 보는 눈이 없으면 값을 후하게 치루라는 말이 있다지만 커피만은 예외인 것이다. 물건을 고르는 사람의 능력에 따라 자갈 속에서 금을 발견하기도 하고, 반대로 금인 줄 알고 집었더니 돌멩이인 일도 허다하다. 그래서 원하는 커피를 고르려면 커피의 맛과 향을 감별하는 일이 반드시 필요하다.

커핑이라는 신세계에 빠지다

내가 처음 커핑을 접한 것은 2007년으로, 일본의 생두회사인 와타루^{WATARU}의 커핑 세미나에 참석했을 때다. 이때만 하더라도 테라로사는 지금처럼 산지와 직거래를 하지 못했다. 산지와 직거래를 하기 위해서는 최소한 컨테이너 하나를 소비할 수 있는 규모라야 하는데 당시 우리는 그 정도를 수입할 규모는 아니었다. 그래서 우리 회사는 일본의 무역상사를 통해 생두를 수입하고 있었다. 회사를 시작한 2002년에는 우리나라에 지금처럼 생두 수입업체들이 많지 않았고, 사장님이 워낙 좋은 재료에 대한 남다른 애착을 가지고 계셔서 우리나라보다 품질이 나은 일본을 통해 생두를 수입하고 있었던 것이다. 처음 '커핑'이란 것을 했던 그날도 사실은 커피를 사기 위해 갔다가 마침 와타루에서 열리는 사내 커핑 세미나에 참석하게 된 것이었다. 세미나는 다양한 커피를 늘어놓고 산지마다 커피의 맛과 향이 어떻게 다른가에 대해 설명하는 식으로 진행되었다.

처음 커핑하는 것을 봤을 때는 무작정 신기했다. 커핑을 처음 접하는 사람이라면 누구나 느끼는 신기함이 금세 나를 커핑에 빠져들게 했던 것이다. 미미하게 느껴지는 정도였지만 커피마다 다른 향과 맛이 있다는 것을 느낄 때마다 마냥 신기하기만 했다. 더욱이 일본 생두회사의 전문 커퍼가 묘사하는 그 주옥같은 언어들을 듣고 있노라면 저절로 감탄사가 나왔다.

"이 커피에서는 꽃향기 가득한 아로마^{aroma, 커피를 추출했을 때 뿜어져 나오는 향기}와 레몬의 신맛 그리고 망고를 씹는 것 같은 부드럽고 묵직한 바디^{body, 입안에 커피를 머금었을 때 느껴지는 묵직한 느낌}가 느껴집니다."

고작 커피 한 스푼을 통해 커피의 맛과 향을 저렇게 섬세하게 묘사해낼 수 있다니 그저 놀랍기만 했다. 또 그 과정을 통해서 커피 한 잔이 단순히 맛있는 커피에서 품격 있고 가치 있는 그 무언가가 된다는 것이 신선한 충격으로 다가왔다.

그때 나는 입사 초기였고 핸드 드립과 에스프레소 같은 추출 기술 습득

에만 매진해 있을 때였다. 그래서 커핑이라는 신세계를 접하고 마치 블랙홀에 빨려 들어가는 것처럼 매혹되었던 게 아닌가 싶다.

한국으로 돌아오자마자 나는 직원들과 함께 매일 아침 커핑 연습을 하기 시작했다. 커핑하는 방법과 준비 요령 등을 익히고 실제로 해보면서 우리는 커피라는 재료에 대해 깊이 이해하게 되었다. 당시에 우리가 했던 커핑은 초보적인 수준으로 정밀성과 정확성 면에서 많이 떨어졌지만, 그저 배운 대로 몸에 익혀보자는 생각으로 매일매일 하루도 빠짐없이 커핑을 했다. 그것이 커퍼로서 지금의 나를 만드는 데 아주 중요한 자양분이 되었다. 그때 나는 배우고자 하는 마음이 너무도 컸고 내 인생의 그 어느 순간보다도 더 성실하게 노력했다. 나는 커핑이라는 신세계를 만났고, 그 안으로 들어가서 전문가가 되고 싶었다. 단순히 '맛있는 커피다 아니다'의 수준을 넘어서 내가 마시는 커피가 '왜 맛있는가'에 대해 말하고 싶었다.

어느 정도 커핑 방법에 익숙해지자 우리는 커피를 대륙별, 나라별, 지역별로 세분화해서 커핑해보기도 하고, 여러 가지 커피를 섞어놓고 블라

인드 테스트를 통해 산지를 맞춰보기도 했다. 산지마다 커피가 어떤 특징을 가지고 있으며, 전문 커퍼들이 말하듯 정말 토양이나 기후에 따라서 그 특징이 달라지는지, 커피 한 스푼을 통해 커피가 지나온 길을 어떻게 알 수 있는지 많은 질문을 던졌고 그 답을 찾아내려 애썼다. 하지만 곧 큰 장벽에 부닥쳤다.

내가 커핑에 대해서 아는 것이라고는 일본 세미나에서 3시간 동안 배운 내용이 다였다. 당시 한국은 커핑에 대해 알고 있는 사람이 거의 없을 정도로 불모지여서 배울 수 있는 교재도 없었고 가르쳐줄 스승도 없었다. 그래서 익히면 익힐수록 답답함만 커져갔다. 결국 나는 원하는 정보를 찾기 위해 인터넷 사이트들을 미친 듯이 뒤지기 시작했다. 미국에서는 어떻게 커핑을 할까 혹은 유럽에서는 어떻게 하고 있을까. 그렇게 다른 나라의 정보들을 찾던 중에 나는 우연히 COE라는 커피 품평회에 대해 알게 되었다.

커피 산지 가운데 몇몇 나라에서 해마다 생산되는 커피의 품질을 평가해서 점수를 매기고 이렇게 품평회에서 인정받은 커피들을 인터넷 옥션을 통해 판매한다는 COE 대회. 전 세계의 내로라하는 유명 커퍼들이 한자리에 모여 다 같이 커핑한다는 실로 황홀하고 매력적인 대회였다. 또 대회에 참여하는 커퍼는 최고 품질의 커피인 스페셜티Specialty를 한자리에서 맛보는 기회를 얻을 수 있었다. 어떻게 해야 이 대회에 참석할 수 있을까? 어느 정도의 실력이 필요한 걸까? 순식간에 내 머릿속은 대회에 참여하고 싶다는, 그게 힘들다면 관람이라도 하고 싶다는 갈망으로 가득 차게 되었다.

COE 대회 참관의 기회를 얻다

2008년 4월, 나는 코스타리카 COE 대회의 첫날을 관람할 수 있는 기회를 얻게 되었다. 비록 단 하루 동안의 관람이었지만 이날의 경험은 커퍼로서 지금의 나를 만드는 중요한 계기가 되었다. 이날 커핑을 참관하면서 나는 커핑이란 무엇이고, 어떻게 하는 것인가 하는 아주 기초적인 것부터 다시 배우게 되었기 때문이다.

혼자서 하는 공부에는 한계가 있다. 또 커핑은 배우는 시작 단계에서는 많은 것을 알게 되었다는 착각에 빠지기가 쉽다. 커피가 뿜어내는 풍부하고 섬세한 맛과 향을 느끼게 되면서 커피에 대한 모든 것을 알았다고 생각하게 되는 것이다. 그러나 이런 착각에 빠져 자칫 자신이 좋아하는 커피가 좋은 커피라고 결론을 내리는 오류를 범하게 된다. 커퍼 역시 사람이고 본인의 감각에 의지하는 만큼 객관화가 어려운 것이다. 또 후각과 미각은 쉽게 지치고, 그러다 보면 점차 본인의 취향에 맞는 커피에 후한 점수가 가기 마련이다.

그러나 객관적인 품질이라는 것은 기호와는 다른 문제다. 기호에 맞지 않는 커피가 품질이 우수한 경우도 있다. 그래서 커핑이란 어려운 것이다. 나 역시 시작 단계에서는 커핑하는 것이 그저 즐겁기만 했다. 그러나 하면 할수록 아리송해지고, 뚜렷이 뭐라 말하기 힘든 복잡 미묘한 요소들을 어떻게 표현하고 평가해야 할지 고민이 깊어갔다. 그러던 중에 COE 대회를 관람하게 된 것이다.

COE 대회에서 나는 세계 유명 커퍼들을 만나게 되었고, 커피에 대해 그들이 내리는 평가와 묘사를 들을 수 있는 기회를 얻었다. 나는 그들의 말 한마디 한마디에 온 정신을 집중했다. 커피에 대해 뭐라고 표현하고 평가하는지, 왜 그렇게 표현하는지, 그들이 사용하는 용어와 그들이 매기는 점수를 유심히 듣고 받아 적으면서 나의 표현과 내가 매긴 점수와 비교해보았다. 그러면서 수많은 오류를 수정해나갔다. 그렇게 나는 그간에 쌓아온 지식을 제로로 만들고 다시 초심으로 돌아가 커핑을 시작했다. 무엇보다 개인적 취향이 아닌 국제적으로 통용되는 커피의 가치를 배우고 익히는 것이 급선무라는 생각이 들었다. 그래야 객관적으로 품질이 좋은 커피를 알아볼 수 있다고 생각했던 것이다.

하루 동안의 관람을 통해 나는 많은 것을 배웠다. 우선 스페셜티 커피 시장과 그 시장을 움직이는 사람들에 대해 상세히 알게 되었고, 커피 품질에 대한 이해는 물론 커피 가격의 흐름과 산지에 대한 정보도 얻게 됐다. 또 스페셜티를 지향하는 스페셜리스트들과의 교류도 시작되었다.

스페셜티 시장의 전설적 바이어라 불리는 인텔리젠시아의 제프 와츠, 커핑의 시작점이라 불리는 조지 하웰, 일본 스페셜티 업계의 대부인 하야시 선생과 신진 세력의 중심인 마루야마 씨를 만났다. 나는 언젠가는 이들과 나란히 한 테이블에서 만나게 될지도 모른다는 기대와 설렘으로 더욱 커핑에 매진하게 됐다.

마침내 2009년, 한국인으로는 최초로 COE 대회의 국제 심사관으로 초청을 받아 기라성 같은 전설의 인물들과 한 자리에서 커핑하는 기회를 얻게 되었는데, 그 대회가 바로 2009년 니카라과 COE 대회였다.

2008 코스타리카 COE 대회

열정이 만들어낸
니카라과의 기적

니카라과는 최근 스페셜티 커피 시장에서 주목받고 있는 나라다. 니카라과
만큼 성공적으로 품질 향상을 이룬 나라가 없기 때문이다. 2001년에 전체
커피 생산량의 2% 정도이던 스페셜티 커피가 2005년에는 15%에 이르렀
고, 이런 놀라운 품질 향상에는 2002년부터 시작된 COE 대회의 역할이 컸
다는 것이 여러 전문가들의 의견이다.

　니카라과는 예전에는 양이나 품질 면에서 바이어들에게 별반 주목을
받지 못했던 나라였다. 그러던 것이 과테말라 다음으로 COE 대회를 유치
하면서 고품질 커피 산지로서의 입지를 다지게 된다. 기대 반 의구심 반으
로 대회에 참여했던 바이어들도 짧은 기간 동안 그들이 이루어낸 놀라운 품
질 변화를 목격하고 니카라과 커피의 새로운 가능성을 보게 된다.

　2002년 첫 COE 대회를 마치고 열린 옥션에서 1위를 차지한 커피는 파
운드당 11.75달러에 낙찰되었다. 당시 커머셜 커피의 가격이 채 1달러도
안 되었다는 것을 감안하면 정말로 높은 가격이다. 이 놀라운 결과는 참가
했던 농장들뿐 아니라 대회를 지켜보던 다른 농부들에게도 강한 자극이 되
었고 이들이 점차 커피 품질에 관심을 갖는 계기가 되었다. 또 스페셜티 커

피 시장을 개척하려는 다른 나라에도 중요한 교훈을 남기게 된다.

첫째 원래부터 나쁜 커피는 없다는 것이다. 니카라과의 성공은 좋은 커피를 만들기 위해서는 시간과 노력과 정성이 필요하다는 점을 다시 한번 보여주었다. 그간 별반 주목을 받지 못했지만, 니카라과는 묵묵히 고품질 커피를 위해 열성을 다하고 성공적으로 COE 대회를 치러내면서 세계 커피 시장에 니카라과 커피의 우수성을 널리 알리게 되었다. 그리고 지금은 점점 더 많은 바이어들이 그들의 커피를 사기를 원한다.

둘째 COE는 단순히 대회에 출품된 커피들을 판매하는 것으로 끝나지 않는다는 점이다. COE에 입상한 농장들이 고품질 커피를 생산하기 위해 엄청난 노력을 한다는 것을 바이어들은 잘 알고 있다. 그래서 비록 출품된 커피가 아니더라도 그 농장에서 생산되는 다른 커피들도 좋은 가격에 팔리는 경우가 많다. 이것은 비단 니카라과뿐 아니라 현재 COE 대회를 개최하는 다른 나라들도 마찬가지다. 니카라과의 경우, 2001년부터 2005년 사이에 대회에 출품된 커피를 제외한 나머지 커피들을 스페셜티로 판매해서 110만 달러 정도의 수익을 얻었다고 한다. 니카라과의 1인당 국민소득이 1,070달러이고, 커피 생산 인구의 43.68%가 2헥타르 미만의 소규모 농장들인 것을 감안할 때 그 경제적 가치는 어마어마한 것이다. 모두 COE 대회의 유치를 계기로 고품질 커피 생산에 주력한 결과라 할 수 있다.

내가 니카라과를 찾은 것도 이런 소문 때문이었다. 가격에 비해 고품질 커피가 많고, 품질에 대한 농부들의 인식이 확실히 잡혀가고 있어서 앞으로도 좋은 커피를 얻을 수 있는 곳이라는 이야기를 들었다.

2009년 1월에 나는 처음으로 니카라과의 커피 농장들을 방문했다. 농장 대부분이 영세하고, 커피 가공시설도 미흡했으나 농부들의 고품질 커피에 대한 확고한 의지는 아직도 생생히 기억한다. 커핑을 하고 나서 내가 하는 말 하나하나를 적어 내려가던 어느 농부의 거친 손도 기억난다. 이처럼 농부들이 나에게 보여준 커피에 대한 커다란 애정은 어떤 통계보다도 니카라과 커피에 대한 신뢰를 갖게 했다. 그래서 나는 꼭 한번 니카라과 COE에 참여하고 싶었다.

COE 대회 50회를 기념하기 위한 2009 니카라과 COE 대회의 로고

첫 COE 커핑의 날카로운 기억

드디어 대회가 시작되는 월요일. 나는 전설적인 인물들 사이에서 커핑을 해야 한다는 생각에 잔뜩 겁을 먹고 있었다. 그런데 이게 웬일인가? 다행스럽게도 오늘은 커핑을 하지 않는단다. COE 대회는 공식적으로 월요일에 시작해서 금요일에 끝나는데, 첫날에는 심사용 커핑이 아닌 교육용 커핑이 진행된다고 했다.

COE 대회에 초청되는 심사관들은 대륙과 지역을 안배해 보통 20명 내외로 결정되는데, 워낙 다양한 나라에서 다양한 사람들이 모이다보니 첫날은 교육용 커핑을 통해 서로의 평가 기준을 세우는 시간을 갖는다. 나의 커핑 방식에 문제는 없는지, 내 점수가 너무 높거나 낮지는 않은지, 커피의 각 특징에 대해 다른 커퍼들의 의견은 어떠한지 등 많은 이야기를 나누며 각자 가지고 있는 기준에 대해 다시 한번 객관적인 기준을 세우는 것이다. 그 중심에는 국제 심사관들을 이끌어가는 역할을 하는 헤드 저지가 있다. 헤드 저지는 노련하고 숙련된 커퍼가 맡게 되고 만약 심사관들 사이에 이견이 생기면 의견을 조정한다.

매해 COE 대회에 가면서도 또 가고 싶어지는 이유는 심사관으로 초대받는 영예도 있지만, 첫날 진행되는 교육용 커핑이 나에게 더할 나위 없이 소중한 시간이기 때문이다. 이 시간을 통해서 각국에서 초대된 심사관들은 그간 자신이 올바르게 훈련과 학습을 해왔는지 스스로 평가하고, 몰랐던 것을 새롭게 배울 기회도 얻게 된다.

이렇게 하루를 꼬박 보내고 다음 날부터 본격적인 커핑이 시작되었다.

그런데 하필이면 첫 테이블부터 히데타카 하야시, 조지 하웰과 같은 테이블에 배정되고 말았다. 정말 손발이 오그라들고 심장이 터질 것 같았다. 30년 이상 커핑을 해온 두 사람과 경력이 채 1년도 안 되는 내가 하필 같은 테이블이 되다니!

처음엔 어찌나 긴장되는지 흡입조차 마음대로 되지 않았다. 왠지 두 사람이 계속 나를 쳐다보는 것만 같고, 내 커핑 방법과 내 평가지를 주시하는 것 같았다. 아, 정말 어쩌란 말인가…… 나는 고개를 푹 숙인 채 어찌할 바를 몰랐다.

그렇게 얼마의 시간이 흐르고 난 후 나는 용기를 내어 슬쩍 두 사람을 보았다. 그런데 나의 예상과는 달리 그들은 나를 보고 있기는커녕 완전 다른 세계에 가 있었다. 옆에 누가 있는지 의식하지 못할 정도의 집중력으로 커핑에 몰두하고 있었던 것이다. 두 사람 다 자신의 눈앞에 놓인 커피 한 잔에 완전히 몰입하고 있었다. 그것도 이 커피가 가지고 있는 아주 미세한 풍미라도 절대 놓칠 수 없다는 결연한 표정을 짓고서…….

그들의 모습을 보고 나는 비로소 깨달았다. 커핑에 있어서 중요한 것은 그 무엇에도 방해받지 않는 집중력이라는 것을. 지금 나에게는 그것이 필요했다. 그래야 커피가 잘 보인다. 더욱이 한꺼번에 많은 커피들을 정확히 평가하기 위해서는 어떤 외부 요인에도 방해받지 않을 만큼의 무서운 집중력이 필요했다.

나는 호흡을 가다듬고 내 앞에 놓인 커피에 집중하려고 노력했다. 물론 잘되지 않았다. 긴장한 탓인지 모든 커피가 다 똑같이 느껴질 뿐 커피마다 다른 독특한 풍미를 느끼기가 어려웠다. 미궁 속을 헤매는 것 같은 아득한 느낌마저 들었을 때, 나는 번뜩 정신이 들었다. '정신 차려야지! 저렇게 노장들도 열심히 하시는데…….' 크게 심호흡을 하고 다시 커핑을 시작했다.

50분 정도가 흐르고 우리는 첫번째 테이블의 커핑을 마쳤다. COE 대회는 보통 5~6세션으로 이루어지는데 한 세션이 끝날 때마다 각자가 매긴 평가표를 위원회에 제출해서 점수 합계를 내고 한 장은 복사해서 본인이 보관한다. 이 복사한 평가지는 커핑 후에 열리는 토의 시간에 활용한다. 토의 시간에는 커피에 해당 점수를 왜 주었고, 커피에서 무엇을 느꼈으며, 왜 특별하다고 느끼는지 등에 대한 자유토론을 한다.

역시 노장들은 노련했다. 샘플마다 가지고 있는 특징과 품질에 대해 날카로운 평가가 이어졌다.

"이 커피는 좋은 커피다. 스페셜티가 기본적으로 갖추어야 하는 클린컵clean cup. 커피의 순수성과 향미의 깨끗함과 단맛이 좋다. 꿀 같은 부드러운 촉감과 오렌지의 상큼함이 입안에 긴 여운으로 남는다. 날카로운 산미를 지니고 있는 것이 약간의 흠이긴 해도 이 정도면 훌륭한 COE 커피가 될 자격이 있다. 그래서 내 점수는 87점이다."

"이 샘플은 기본적으로 단맛은 있다. 그러나 가공 과정에서 발생하는 과발효취過醱酵臭가 난다. 스페셜티는 절대적으로 깨끗해야 하므로 이 점을 고려해 안타깝지만 78점을 주었다."

"이 커피에서 베르가모트, 재스민, 귤, 열대과일의 향이 납니다. 맛에서는 사탕수수의 단맛과 시나몬향이 올라오는군요. 복잡하고 다양한 향들이 레몬의 산미와 결합되어 커피의 다채로움을 더욱 돋보이게 하는 것 같습니다. 아주 훌륭한 커피라고 생각합니다."

나는 그들의 주옥같은 표현에 감탄을 연발하고 있었다. 그런데 그때 갑자기 헤드 저지인 실비오 레이테가 나를 지목했다.

"미스 리, 당신은 이 커피에 대해 어떻게 생각하나요?"

순간 모든 사람들의 시선이 내게로 쏟아졌다.

다들 '저 신참이 뭐라고 할까?' 하는 호기심 가득한 눈빛으로 빤히 나를 쳐다보고 있었다. 혹시 지목당할까봐 고개를 푹 숙이고 있던 나는 화들짝 놀라 금세 얼굴이 빨개졌다. 나는 모기만 한 목소리로 겨우 한마디를 했다.

"전 매우 날카로운 산미가 느껴지네요. 그래서 이 커피가 정말 좋은 커피인지 아닌지 헷갈립니다."

"맞아요. 저도 그래요. 정말 산미가 날카로워요."

정말 다행히도 누군가 내 말에 맞장구를 쳐주었다. 그제야 터질 것처럼 뛰던 심장이 겨우 가라앉았다.

나는 커피 한 잔을 두고 이렇게 상세한 묘사를 하는 그들을 보고 여러 가지 생각이 들었다. 가장 먼저 커퍼로서 한없이 부족한 내 자신을 보았다. 가야 할 배움의 길이 얼마나 멀고 끝이 없는지 느낀 것이다. 지금은 많이 부족하지만 언젠가는 나도 저렇게 노련한 커퍼가 되리라 결심도 했다.

첫날의 커핑이 끝나고 숙소로 돌아온 나는 평가지를 다시 펼쳐들고 오늘의 커핑을 되돌아보았다. 찬찬히 들여다보니 허점투성이였다는 생각에 정말 부끄러웠다. 같은 용어를 계속 반복해서 사용한데다 다른 심사관들과 점수 격차도 너무 컸다. 부족한 점이 한두 가지가 아니었다. 흔적이 남지 않은 실수들은 더 많았을지도 몰랐다.

그날 밤 잠자리에 들면서 나는 애써 '처음이니까……' 하고 스스로를 다독였다. 이 말 외에 어떤 말도 나를 위로해줄 수 없을 것 같았다.

COE 창립 멤버로 지금의 COE 커핑 형식을 정립한 조지 하웰

살아 있는 전설, 제프 와츠와의 만남

둘째 날부터는 좀더 자신감 있게 집중해서 커핑을 할 수 있었다. 그리고 이 날 나는 '전설의 제프 와츠'를 만나게 된다.

책을 통해 읽은 그의 이야기는 커피를 공부하는 모든 젊은이들에게 꿈을 심어주기에 충분했다. 대학교를 졸업하고 제프 와츠는 인텔리젠시아에 바리스타로 입사한다. 당시 그의 몰골이 하도 히피스러워서 사장이었던 덕 조엘은 그를 채용해야 할지 말아야 할지 고민했다고 한다. 바리스타로서 경력을 쌓아가던 그는 커피 품질은 산지에서 결정된다는 것을 깨닫게 되고, 그린빈 바이어로 변신해 직접 커피 산지들을 찾아다니기 시작한다. 그렇게 산지들을 방문해서 직접 보고 느끼면서 커피 구매와 관련한 시스템을 잡아가는 한편 산지의 농부들에게 스페셜티 커피 생산을 독려하면서 커피 업계에 '제3의 물결'을 만들어냈다.

이야기 속의 제프는 많은 이들의 상상력을 자극한다. 어떻게 생겼을까 하는 외모에 대한 호기심부터 젊은 나이에 어떻게 그렇게 대단한 일들을 거침없이 해왔을까 하는 것까지…… 나 또한 마찬가지였다. 하나부터 열까지 그와 관련된 모든 것이 나에겐 호기심과 선망의 대상이었다.

그렇게 평소에 선망해오던 그의 앞에 서니 그 무게감에 나는 한없이 위축됐다. 그렇게 만나기 어렵다는 제프 와츠를 운 좋게 보게 됐으니 몇 마디라도 해봐야 할 텐데 쉽게 입이 떨어지지 않았다. 그래도 기회를 놓칠 수 없다는 생각에 나는 기어들어가는 목소리로 겨우 물었다.

"저, 실례가 아니라면 뭐 하나 물어봐도 될까요?"

"그럼요."

그런데 아뿔싸! 막상 할 말이 없었다. 나는 너무 당황한 나머지 그냥 생각나는 대로 아무 말이나 내뱉고 말았다.

"…… 당신 여자 친구가 콜롬비아 사람이라고 하던데…… 맞나요?"

내가 지금 뭐라고 한 거지? 중요한 질문을 할 것처럼 변죽을 울려놓고

인텔리젠시아의 그린빈 바이어 제프 와츠

결국 묻는다는 게 여자 친구 얘기라니, 그것도 프라이버시를 중요하게 생각하는 미국인 앞에서!

내 질문에 그는 눈을 동그랗게 뜨고 놀라더니 어떻게 알았냐고 물었다.

"책에서 봤거든요. 당신은 이 세상에서 가장 바쁜 사람 가운데 한 명이고, 그래서 아무도 당신의 스케줄을 정확하게 아는 사람은 없다고요. 그리고 콜롬비아인 여자 친구와 함께 콜롬비아에서 카페를 하고 있다던데……."

무슨 스토커도 아니고, 나는 그의 사생활을 다 꿰고 있는 사람처럼 알고 있는 걸 술술 다 말해버렸다.

천만다행히도 그는 불쾌해하지 않았다. 게다가 놀랍게도 이 대화를 계기로 그와 친해지게 되었다. 제프는 한국에도 본인을 알아주는 사람이 있다는 사실에 신기해하고 감사하게 생각하는 듯했다.

제프뿐만 아니었다. 대회가 이틀 정도 지나자 심사관들은 모두 친해졌다. 나이와 경력을 불문하고 모두가 친구가 된 느낌이었다. 무엇보다 커피라는 공통의 이야깃거리가 있었고, 모두들 전문가이니만큼 서로가 서로를 존중했다. 그래서 설사 다른 의견을 가지고 있다 해도 서로를 이해하려 애썼다. 나의 옳고 그름을 말하기 이전에 서로의 영역을 인정해주고 그 사람의 경험과 학식을 경청했다.

그러나 따지고보면 이들은 때로는 경쟁자이기도 하다. 커피 산지에 가보면 가끔 거래하고 싶은 농장들이 내가 알고 있는 누군가에게 이미 커피를 팔아버린 경우가 흔하다. 여러 가지 이유가 있겠지만, 스페셜티를 생산하는 농가가 그만큼 드물다보니 그런 농장을 찾다보면 결국은 서로가 같은 곳에서 만나게 된다. 그러면 어쩔 수 없이 경쟁을 하게 된다. 더 좋은 커피를 얻기 위한 보이지 않는 전쟁이 벌어지는 것이다.

이런 경쟁 관계를 생각하면 서로 마음을 열기가 쉽지 않을 텐데 모두 깊은 우정을 나누고 있는 것을 보니 마음이 뭉클하기까지 했다. 뿐만 아니라 그들은 나 같은 초보에게도 열린 마음으로 대해주었다. 하야시 선생님은 여러 가지 질문에 아주 차근차근 정확한 설명을 해주셨고, 한국 커피 시장의 빠른 성장세에 놀라며 많은 질문을 하시기도 했다. 또 조지 하웰은 왜 우리가 커피의 평가에 대해 엄격해야 하는가에 대해 역설하기도 했고, 제프는 커피 산지에서 일어나는 여러 가지 이야기들을 전해주었다.

이렇게 COE 대회는 참여하는 누구에게나 많은 기회를 제공한다. 많은 이들을 한곳에 모여 교류하면서 서로에게 발전할 수 있는 더할 나위 없는 배움의 기회가 되는 것이다.

2009년 니카라과 COE 대회 결승

COE 대회의 마지막 날인 금요일은 마지막 커핑과 함께 최종 순위를 발표하는 날이다. 이른 아침부터 모두들 어느 농장의 커피가 1등을 차지할까 궁금해하며 설레는 마음으로 커핑을 준비했다.

이날은 준결승에서 상위 10위 안에 든 커피들을 다시 한번 꼼꼼히 커핑해서 최종 순위를 결정한다. 사실 결승전까지 올라오는 커피들은 어느 것 하나 흠잡을 데가 없을 정도로 뛰어난 커피들이다. 물론 1등부터 10등까지 순위를 매기지만 이 순위는 상징적인 것에 불과하다는 것이 내 생각이다. 결승까지 올라온 커피들은 그저 운 좋게 올라온 커피들이 아니기 때문이다. 대회에 참가한 수많은 농장의 커피들 중에서도 노련한 일류 커퍼들의 엄정하고 날카로운 평가를 통과해야만 마지막 결승 테이블 위에 올라올 수 있다.

그래서 결승전 커핑은 더욱 신중하게 진행된다. 마치 대학입시를 앞두고 지난 3년간 열심히 공부한 학생이 수능을 보는 것 같은 긴장된 분위기라고 할까. 그래서 숙련된 커퍼도 초보 커퍼도 다시 한번 긴장하고 신중해진다. 모두 뛰어난 커피이고 무엇 하나 흠잡을 데 없는 커피들인데도 1위부터 10위까지 순위를 정해야 하기 때문이다. 그렇기 때문에 어디에 기준을 두고 평가할 것인지 각자 10개의 샘플을 앞에 두고 2시간 동안 고민에 고민을 거듭한다.

드디어 결승전이 끝나고, 준결승까지 올라온 10개의 커피에 대한 토의가 시작되었다.

"이 커피는 대단히 복잡한 커피라고 생각합니다. 캐러멜 같은 단맛이 매우 강하지만, 샴페인이나 레드와인, 특히 보르도 레드와인을 연상시키기도 하네요. 뿐만 아니라 묵직한 시럽이나 벨벳 혹은 크림을 연상시키는 아주 뛰어난 바디와 촉감을 지니고 있어요. 그래서인지 균형미도 좋게 느껴지네요."

"이 커피는 잘 익은 빨간 사과, 사탕수수 그리고 달콤한 바나나, 꿀 등

결승전이 끝난 후에 개최되는 농부들과의 대화 (위) 국제 심사관들의 토의 시간 (아래)

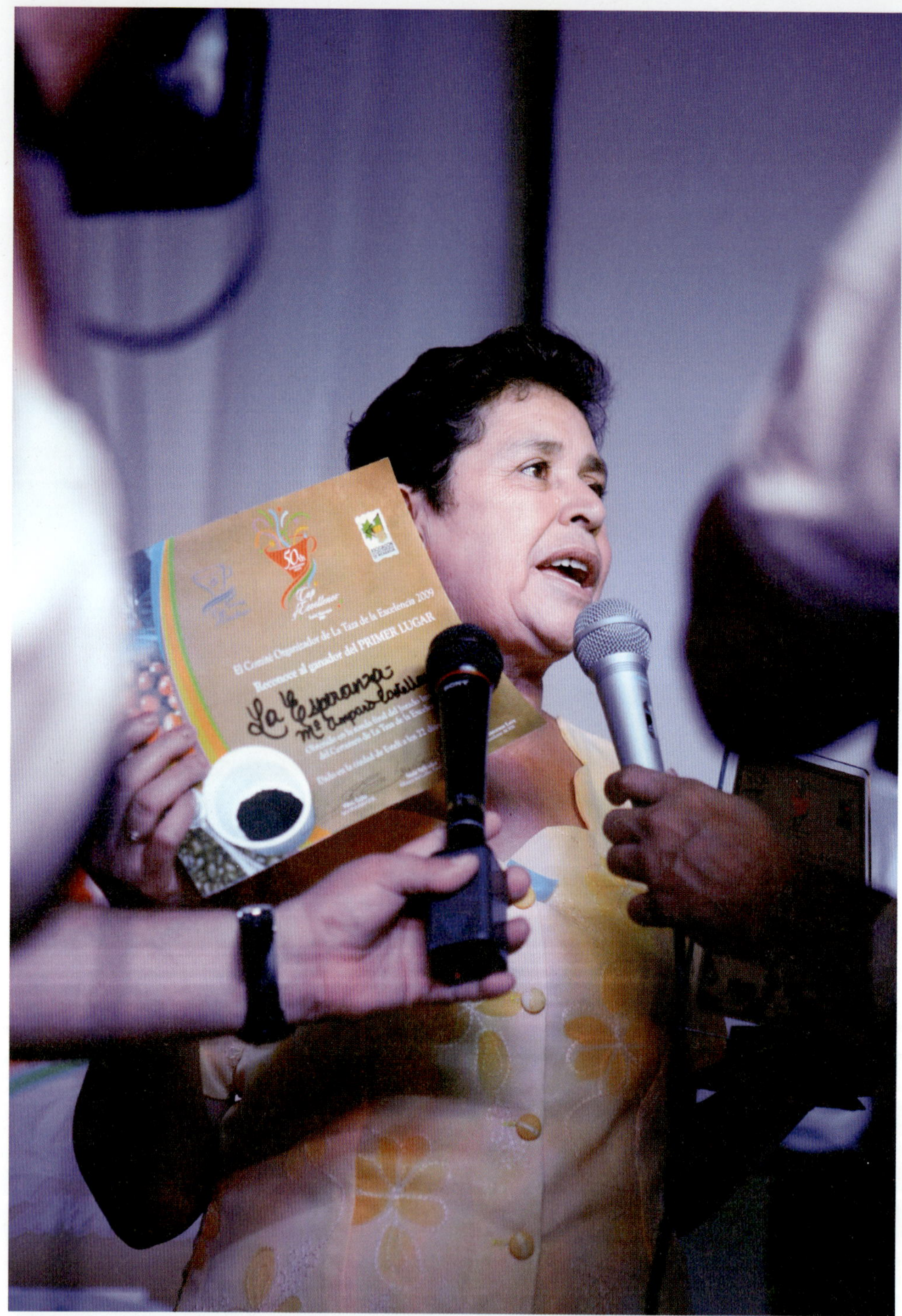

2009 니카라과 COE 대회 1위 커피의 영예를 안은 라 에스페란자 농장

을 연상시키는군요. 그리고 커피가 식으면서 홍차의 깊은 여운과 함께 묵직한 바디감이 혀 전체를 감쌉니다."

"이 커피는 커핑하는 내내 캐러멜이나 오렌지가 첨가된 초콜릿을 떠올리게 했어요. 거기에 살짝 꽃향기까지 느껴지는군요. 살아서 움직이는 밝은 산을 가지고 있고, 그래서인지 커피가 우아하면서도 여운이 오래갑니다."

역시나 결승전답게 섬세한 묘사들이 끊이질 않았다. 이렇게 아름다운 커피를 내가 커핑했다는 것에 뭉클한 기분이 들 정도였다.

2009년 니카라과 COE 대회에서 우리는 총 26개의 COE 커피를 선정했고, 그 가운데 4개의 커피가 90점 이상을 받아 프레지덴셜 커피presidential coffee의 영예를 안았다. 그리고 한 달 뒤 1등 커피가 파운드당 31.05달러에 낙찰되면서 니카라과 커피 판매 사상 두번째 최고가를 기록했다.

그리고 나는 이번 대회를 통해 커피인으로서, 커퍼로서, 그리고 그린빈 바이어로서 스페셜티 시장에 한 발 더 성큼 다가섰음을 느꼈다.

COE 대회 Cup of Excellence competition

보통 COE라 부르는 이 대회는 1999년 브라질에서 처음 시작됐다. 1994년부터 1999년까지 6년간은 커피 시장에 스페셜티 커피를 위한 새로운 움직임이 있었던 아주 중요한 시기다. 국제커피기구ICO와 국제무역기구, 국제연합 무역개발회의 채택 융자제도가 공동으로 구르메 프로젝트Gourmet Project를 진행한 것인데, 브라질, 에티오피아, 부룬디, 우간다, 파푸아뉴기니 5개국이 공동으로 생산량 증가 대신 커피의 품질 향상을 위한 생산 방법 개선을 모색하게 된다.

양을 중심으로 한 커피 생산은 가격 변동이 심하고 양이 증가할수록 가격은 계속해서 떨어지는 악순환을 낳았다. 또한 커피 생산 농가에서도 고품질 커피를 기르기 위한 노력은 전혀 하지 않고 커피 가격의 폭락으로 인한 어려움을 호소하는 것으로만 가격 인상을 요구하고 있던 터라 국제 사회의 문제점으로 떠올랐다.

커피는 산지와 소비지가 전혀 다르다. 커피를 생산하는 나라 대부분이 커피를 마시지 않는 나라들이며 경제적으로 후진국이다. 이런 나라들은 차나 커피를 재배해서 수출하는 것이 유일하게 외화를 벌어들이는 수단이 된다. 그러다보니 미국과 같은 주요 소비국의 소비량과 그해 생산된 커피 양에 따라 매해 가격이 폭등하거나 폭락한다. 그래서 커피를 재배하는 산지의 농부들에게 커피는 생계를 좌우하는 작물이 되기도 한다.

이런 문제점 때문에 국제커피기구를 중심으로 커피 가격 안정화를 위한 고품질 커피의 재배로의 전환이라는 새로운 대안을 내놓게 된 것이다. 이들은 구르메 프로젝트를 통해 일반 상업용 커피인 커머셜C 커피와 질적으로 구별되는 고품질 커피 생산을 위한 여러 가지 시도들을 하게 됐다. 고품질 커피의 생산으로 대량으로 생산되는 상업 커피의 이미지를 벗고 그에 맞는 적절한 보상이 이루어질 수 있도록 농부들을 독려하자는 게 이 프로젝트의 핵심이었다.

5년간 진행된 프로젝트를 통해 관계자들은 새로운 커피, 즉 스페셜티 커피에 대한 잠재성을 보았다고 한다. 커피의 품질이 얼마나 향상될 수 있는지, 그 질적 향상이 얼마나 가치가 있는지를 알게 된 것이다. 특히 가장 큰 잠재성을 보여준 곳이 브라질이다.

프로젝트가 끝날 무렵인 1999년, 컨설턴트로 활동했던 조지 하웰과 테크니컬 매니저인 실비오 레이테, 현 COE 수장인 수지 스핀들러Susie Spindler, 당시 브라질 스페셜티 커피협회 회장이었던 마르셀로 비에라Marcelo Vieira는 전 세계 바이어들을 초청해 새로운 브라질 커피들을 선보이고 인터넷 옥션을 통해 팔아보자는, 당시로서는 획기적인 아이디어를 내놓게 된다. 이것이 바로 첫 COE 대회의 출발점이었다.

국제커피기구의 도움을 받아 진행된 첫번째 브라질 COE 대회에는 약 310개의 농장이 참여했고, 전 세계에서 14명의 유명한 바이어들이 초대되었다.

COE 대회에 직접 참가해보면, 얼마나 많은 사람들이 이 대회를 준비하고 대회가 끝날 때까지 얼마나 많은 관계자들이 곳곳에서 제 역할을 다하고 있는지 매번 놀라게 된다. 그만큼 철저한 준비가 요구되는 대회인 것이다. 평가 방식의 섬세함과 철저한 준비 그리고 옥션이 끝나고 커피들이 바이어에게 전달될 때까지의 엄격한 관리가 오늘날까지 COE 커피의 명성을 지킨 밑바탕이다. 그러나 이 대회가 처음부터 탄탄대로를 지나온 것은 아니다. 고급 커피에 대한 인식이 널리 퍼져 있지 않던 시절에 최상급 스페셜티를 가려내는 품평회를 연다는 발상 자체가 무모한 시도였고 예상대로 대회는 여러 가지 난관 속에서 치러졌다. 열악한 시설은 물론 진행 방식도 채 정립되지 않은 상태에서 대회가 치러졌음은 말할 것도 없고, 인터넷을 통해 시간대가 전혀 다른 전 세계 사람들이 한꺼번에 경매에 참여하는 옥션 역시 그 발상 자체가 현실로 이루어졌다는 것만으로도 신기할 따름이다.

우여곡절 끝에 첫 COE 대회가 끝나고 상위 10개의 커피들로 옥션이 진행되었다. 옥션에서 1위를 차지한 커피는 파운드당 2.60달러로 최고가를, 6위 커피는

1.38달러로 10개 커피 중 가장 낮은 가격에 거래되었다. 이들 10개 커피의 평균가는 1.73달러로 당시 커머셜 커피의 평균가격이 1.32~1.34달러였다는 것을 감안하면 실로 높은 가격임에 틀림없다.

첫 COE 대회를 통해 스페셜티 커피의 놀라운 잠재력을 확인한 브라질 농부들은 자신들의 돈으로 다음 해에도 대회를 개최하게 된다. 기록에 의하면 2000년 브라질 COE 대회는 흥분의 도가니였다고 한다. 스페셜티와 COE 대회에 확신이 없었던 농부들도 첫 COE 대회의 성공을 목격하고 고품질 커피 재배를 위해 더욱 노력했을 뿐 아니라 소문을 듣고 많은 바이어들이 대회에 참가하면서 대회는 이전보다 더 성공적이었다.

브라질 COE의 성공으로 2001년에는 과테말라, 2002년에는 니카라과가 COE 대회를 열면서 대회 규모가 점점 커지기 시작한다. 또 2002년부터는 좀더 체계적인 조직정비를 위해 비영리 기구인 ACE^{Alliance For Coffee Excellence, Inc.}가 결성되면서 COE 대회의 운영을 본격적으로 맡게 된다.

2011년 현재 볼리비아, 브라질, 코스타리카, 엘살바도르, 과테말라, 온두라스, 니카라과, 르완다가 COE 대회를 개최하고 있다. 그러나 모든 나라가 매해 대회를 개최하는 것은 아니다. 아직 정치적으로 불안정한 나라들도 있다 보니 정권이 바뀌거나 자국 내에 문제가 생기면 갑작스럽게 대회를 취소하는 경우도 있다.

COE 대회는 대단히 복잡하고 정교한 과정을 거쳐 개최되기 때문에 대회가 열릴 때까지 많은 시간과 비용이 든다. 일단 개최국과 ACE가 신년 초에 대회 개최 여부를 결정하면 참가하고자 하는 모든 농부들에게서 샘플을 받는다. 그리고 'pre-selection'이라 부르는 1차 선별작업에 들어간다. 샘플을 채취해 결점두를 체크하고 커핑을 한다. 이 과정을 마치면 상위 150위 안에 드는 커피들을 모아 일종의 국내

2010 브라질 COE 대회 국내 평가전

2010 브라질 COE 대회 국제 평가전

대회인 'National Competiton'를 진행하는데, 이 2차 평가는 자국 내에서 선별된 국내 커퍼들이 하게 된다. 국내 커퍼들은 엄격한 커핑 훈련과 테스트를 통해 선발되는데, 브라질의 경우 국내전 심사관으로 발탁되면 다음 해에 바로 연봉이 인상될 정도로 그 실력을 인정받는다고 한다.

2차 평가전은 두 단계로 나뉜다. 첫번째 단계는 1차 선별과정을 통과한 모든 커퍼들을 커핑하는 것으로 아침 8시부터 저녁 6시까지 3일 동안 진행된다. 작년에 브라질 COE에서 국내 평가전부터 국제 평가전까지 참여한 적이 있는데 정말로 어마어마한 체력과 집중력이 필요했다. 10개의 샘플들을 한 묶음으로 2시간씩 5~6번을 반복해서 커핑하기란 생각만큼 쉽지 않다. 계속 커핑을 하다보면 정신적, 육체적 피로가 밀려오고 집중력이 떨어져 마지막 세션에서는 포기해버리고 싶은 마음이 절로 든다. 커피가 가지고 있는 특징을 발견해내는 데 집중해야 하는데 너무 피곤하다 보니 어서 끝나서 빨리 쉬었으면 좋겠다는 생각이 자꾸 드는 것이다.

이렇게 3일간 첫번째 단계가 진행되고 여기서 100점 만점에 84점 이상을 받았거나 상위 60위 안에 든 커퍼들로 다시 이틀간 커핑을 한다. 이틀간의 커핑 결과 84점 이상을 받은 커퍼들이 드디어 국제 평가전에 진출하게 되는 것이다.

COE 심사관이 되는 법에 대해 묻는 분들이 있는데 방법은 의외로 간단하다. 일단 커핑 실력이 있어야 한다. 커피의 여러 가지 특징, 그것이 좋은 것이든 나쁜 것이든지 간에 그 특징을 잘 파악한 후 국제적 기준에 알맞은 커핑 용어를 사용해서 묘사할 수 있어야 한다. 이것이 COE 대회에서 요구하는 기본적인 자격 조건이다. 커퍼 증명서가 필요하냐고 묻는 분도 있지만, 자격증은 자격증일 뿐 실력과 비례하지 않으므로 큰 비중을 두지 않는다. 물론 COE 회원으로 가입해야 하는 것은 필수다. 회원이 되면 등급별로 심사관 전 단계인 옵저버observer에 지원할 수 있는 기회가 주어진

2011 콜롬비아 COE 대회

다. 이때 어느 나라에 참여하고 싶은지 선택할 수도 있다.

COE 심사관은 대륙별, 지역별 안배를 고려해 구성되고 매우 엄격한 기준에 의해 선발된다. 심사관을 어떻게 구성하느냐에 따라 그해 COE 커피의 품질이 결정되기 때문이다. 그래서 새로운 심사관을 받아들이는 데 보수적이라는 평가도 있고 매번 초대되는 사람만 초대되는 게 아니냐는 불만의 소리도 있다. 그러나 내가 직접 대회에 참여해보니 그럴 만한 이유가 충분히 있었다.

COE 대회에서는 점수를 낼 때 모든 심사관들의 점수 중에서 최고점과 최하점을 제외한 나머지 점수들의 평균치로 커피의 점수를 결정한다. 그런데 신참들이 너무 많이 배치되면 점수가 높아지고, 때로는 엉뚱한 커피가 높은 점수를 받아서 COE 커피가 되기도 한다. 바이어들은 직접 대회에 참여하지 못하고 심사관들의 점수를 보고 경매에 참여하는 경우도 많은데, 막상 도착한 커피가 COE 커피라고 인정할 정도의 품질이 아니라고 판단되면 강력한 컴플레인을 제기하게 된다. 그렇기 때문에 ACE는 심사관 구성에 매우 신중할 수밖에 없는 것이다.

최근 스페셜티 커피에 대한 관심이 높아지면서 COE 대회에 참여하기를 원하는 사람들이 늘고 있다. 그래서 ACE는 이들을 먼저 옵저버로 초대해 다음 번에 심사관으로 초대할 정도의 실력이 되는지 평가한다. 옵저버는 심사관과 동일하게 대우받는다. 커핑도 같이하고 점수도 같이 낸다. 다만 옵저버의 점수는 통계에 반영되지 않는다.

옵저버와 심사관의 차이를 굳이 밝히자면, 대회지에서의 체류 비용을 지원받고 안 받고의 정도다. 심사관으로 초대되면 비행기 티켓 등 일체의 경비를 산지나 ACE에서 부담하느냐고 묻는 사람도 있는데, 그런 일은 없다. 세계 각지에서 오는 20명이나 되는 심사관의 모든 경비를 가난한 산지에서 어떻게 부담할 수 있겠나. ACE의 경우도 비영리 기구이다보니 대회를 조직하고 운영하는 것 외에 이익이 없다.

이렇게 심사관과 옵저버가 정해지면 본격적인 국제 평가전이 시작된다. 대회는 일주일간 치러지는데, 첫날인 월요일은 커핑을 하지 않는다. 이날은 심사관들의 커핑 기준과 차이를 토론을 통해 조정하는 교정 수업을 하게 된다. 대회마다 'Pre-Selection'부터 국내전 그리고 국제전까지 이끄는 헤드 저지가 있는데 이 사람이 교정 수업을 담당한다. COE 커피에서 나와서는 안 될 풍미는 무엇인지, 어떤 풍미에 점수를 더하고 뺄 것인지 하는 것을 정하는 식이다. 식습관과 음식 문화가 다른 세계 각지에서 커퍼들이 모이다보니 커피를 평가하면서 같은 품질을 두고 서로 상반된 의견이 나오는 것을 방지하기 위함이다. 때로는 국제 커피 시장에서 통용되지 않는 미사여구와 표현 등을 사용하는 경우도 있고, 다른 나라의 커퍼들이 이해하지 못하는 용어와 표현을 사용하는 경우도 있기 때문에 이 교정 수업을 통해 기준을 통일하고 누구에게나 인정받을 수 있는 고품질 커피를 골라내기 위한 준비를 하게 되는 것이다.

화요일부터 본격적인 커핑이 시작된다. 보통 4명이 한 테이블에서 함께 커핑을 하고 한 테이블에 8~10개의 샘플이 4잔씩 올라오게 된다. 수요일까지 진행되는 이 커핑에서는 국내 평가전을 치루고 올라온 커피들을 대상으로 커피에 이상이 없는지를 꼼꼼히 확인한다. 특히 디펙트에 세심한 주의를 기울이는데, COE 커피에서는 아주 미미한 수준이라도 결점은 절대 용인되지 않기 때문이다. '이 커피가 COE 커피로서 기본 자격을 갖추고 있는가?'를 확인하고 여기서 84점을 받은 커피들이 준결승에 진출한다.

목요일에는 준결승에 진출한 커피들을 다시 처음부터 커핑한다. COE 커핑의 원칙은 한 단계를 통과하면 전 단계의 커핑 결과를 '0'으로 두고 새로 시작한다는 것이다. 전 단계에서 아무리 좋은 커피로 평가받았더라도 다음 단계에서 심각한 결점이 발견된다면 그 커피는 탈락하게 된다. 그래서 커핑 또한 매우 신중하게 진행된

다. 준결승전에서는 커피에 대한 디테일을 찾는 데 중점을 둔다. '이 커피가 특별하
다면 왜, 무슨 특징 때문인가' '그 특별함이 COE 커피로 분류될 만큼의 가치가 있
는가'를 신중히 고려하면서 커핑을 하게 되는데 여기에는 다음과 같은 이유가 있다.
우리가 흔히 스페셜티라고 부르는 커피들은 커피 풍미 평가에서 통상 100점 만점에
80점 이상을 받은 커피들을 일컫는다. 물론 협회나 조직마다 사용하는 커핑 평가지
가 약간씩 다르지만, 가장 많이 쓰이는 것은 미국스페셜티커피협회(SCAA) 커핑 폼
이나 COE 폼이다. 그래서 통상 이 두 평가지를 바탕으로 평가했을 때, 80점 이상이
나오는 커피를 스페셜티라 부른다. 물론 커핑으로 맛과 향을 체크하기 전에 생두의
물리적 평가를 통해 결점 등을 철저히 분석하는 것은 기본이다.

특히 COE 커피는 COE 평가지로 커핑했을 때, 스페셜티 커피 중에서도 84점
이상인 커피만을 COE 커피라고 부르며 이들 중 90점 이상인 커피들은 '프레지덴
셜'이라는 한층 더 격이 높은 칭호를 부여한다. 국제 평가전에서 84점 이상을 받아
COE 커피라는 칭호를 얻기까지 통상 한 샘플이 거쳐야 하는 커핑의 횟수는 5번에
서 6번이다. 이 과정에서 단 한 번이라도 커피에 이상이 있다고 판단되거나 84점 이
하의 점수를 받으면 COE 커피가 될 수 없다. 그만큼 얻기 어려운 칭호가 COE 커
피인 것이다.

준결승을 치루고 나면 커피는 세 가지로 분류된다. 84점 이상을 받아 COE 커
피로 확정된 커피와 그렇지 않은 커피 그리고 상위 10위 안에 드는 10개의 커피.

심사관들은 이 상위 10개의 커피를 마지막 결승전에서 다시 커핑을 하게 된다.
이 커피들은 최고의 품질을 가진 커피를 의미하므로 마지막 커핑을 통해 커피 품질
에 대한 객관성을 확보하고, 커피가 지니고 있는 아름답고 황홀한 디테일을 잡아내
기 위함이다. 그래서 결승전은 더욱 시간이 오래 걸린다. 금요일 오전에 이루어지는
이 마지막 커핑은 침묵만이 감도는 긴장된 분위기 속에서 2시간 동안 진행된다. 마

치 나 혼자 커핑하는 것처럼 모두들 숨소리까지 죽여가며 커피에 몰입한다. 이렇게 결승전까지 끝이 나면 드디어 모든 일정이 끝난다.

금요일 오후에는 국내전을 통과한 커피를 출품했던 농부들이 모두 모여서 국제 심사관들과 커피에 관한 많은 정보들을 주고받는다. 농부들은 바이어이기도 한 심사관들이 생각하는 스페셜티 커피에 대한 기준을 궁금해하고, 우리는 농부들이 스페셜티 커피를 위해 어떤 노력들을 하고 있는지에 대해 듣고 싶어한다. 이 시간은 서로에게 무척이나 소중한 시간이 된다. 서로 입장을 바꾸어 심사관들은 생산자와 생산지를 이해하게 되고, 농부들은 소비자와 소비지를 이해하게 되기 때문이다. 심사관들은 고품질 커피가 생산되기까지 얼마만큼의 노력과 정성이 필요한지를 깨달으면서 커피 한 알의 가치를 다시금 되새기기도 하고, 농부들 또한 소비자들이 왜 고품질 커피를 원하고 있는지를 듣고 나면 생각이 많이 변한다고 한다. 그리고 농부들은 자신의 커피가 대회를 통해 그 가치를 인정받을 때 세상을 다 얻은 듯한 환희와 기쁨을 느낀다고 한다. 그간의 노력이 헛되지 않았다는 것을 느끼고, 누군가 그 진정한 가치를 알아주고 보상받는 과정을 통해 농부들은 더 좋은 커피 생산을 위해 노력하게 되고 우리는 더 훌륭한 커피를 만날 수 있게 된다. 이 모든 과정들이 10년이라는 긴 세월 속에서 COE 커피라는 명성이 있도록 한 밑거름이 되지 않았나 싶다.

AÑO
CAFETERO DE
LA CALIDAD

02

커피 그리고 스페셜티 커피

THE ORIGIN

우리가 커피에 대해 정확히 이해하기 위해서는 먼저 커피와 커피를 길러내는 커피 산지에 대해 알아야 한다. 그래서 커피를 공부하는 많은 이들이 산지에 가게 되고 그곳에서 진정으로 커피를 이해하게 된다. 커피나무가 자라는 환경적 요인, 즉 기후와 토양, 경작 방법, 가공 방법, 이 모든 것이 커피의 풍미를 결정하는 중요한 요소들이다. 그렇기 때문에 커피의 맛은 단순하지 않다. 그리고 이런 커피의 풍미가 결정되는 산지에 가서야 비로소 커피 한 알에 숨겨진 우주와 같은 세계를 발견하게 된다.

씨앗에서 체리
그리고 생두가 되기까지

우리가 말하는 커피는 열매의 '씨앗' 부분이다. 보통의 과일과는 달리 커피는 과육 대신 그 안의 씨를 먹는다. 커피 열매를 '커피 체리'라고 부르는데 열매가 익으면 체리처럼 붉은색으로 변하고 완전히 붉은색이 되면 수확을 시작한다. 커피 체리 안에는 보통 두 개의 커피 씨앗이 들어 있고 각각의 씨앗은 파치먼트parchment라고 불리는 노란색 껍질에 싸여 있다. 그 모습이 마치 쌀이 벼 이삭에 싸여 있는 것을 연상시키는데, 이 파치먼트 안에 우리가 알고 있는 커피의 재료인 생두green bean가 들어 있는 것이다.

커피나무의 경작은 파종으로부터 시작한다. 씨앗용 커피를 싹을 틔워 6개월에서 1년 정도 자라면 본격적으로 키우기 위해 농장에 옮겨 심는다. 대개 2~3년이 지나면 커피나무에 꽃이 피는데, 꽃이 만개하면 향수만큼 진한 꽃향기를 뿜어낸다. 흔히들 재스민 향기와 많이 유사하다고 하지만, 사실 커피 꽃향기는 재스민보다 우아하고 강렬하다. 재스민 향과 같은 우아함에 아카시아 향에서 느낄 수 있는 청량함까지 더해져 뭐라 형언할 수 없는 아름다운 향이 난다. 그 옆을 스치기만 해도 향이 진하게 올라와 때로는 천리향을 닮았다는 인상을 주기도 한다.

아라비카종의 커피 꽃

그런데 아쉽게도 이런 향을 맡을 수 있는 시기는 매우 짧다. 꽃이 피고 나서 2~3일이 지나면 지기 때문이다. 산지를 다니면서 딱 한 번 꽃이 보름이나 피어 있다는 이야기를 들은 적이 있는데, 그곳은 에티오피아의 하라 지역이었다. 처음에는 내가 잘못 들은 줄 알고 몇 번이나 물었더니 에티오피아 내에서도 유독 하라에서만 꽃이 오래 피어 있는다고 했다. 한 가지 더 특이한 점은 하라 지역의 커피 꽃은 색깔도 유난히 희다는 것이다. 보통 커피 꽃의 꽃잎은 약간 노르스름한 빛을 띠는 아이보리색에 가까운데, 하라 지역의 꽃은 눈송이처럼 하얀 백색이었다. 여러 나라를 다녀봤지만, 하라 지역의 커피 꽃만큼 순백색에 강한 향을 발산하는 커피 꽃을 본 적이 없다.

커피 꽃이 지고 나면 바로 그 자리에 열매가 맺힌다. 커피나무는 꽃만 피면 알아서 열매가 맺힌다. 녹색의 열매는 점점 커지다가 크기가 도토리만 해지면 색깔이 변하기 시작한다. 녹색 열매가 점점 노란색으로 변하고 주황색을 거쳐 붉은색으로 변한다. 그러다 핏빛에 가까운 검붉은색이 되는데, 이때가 완전히 다 익은 것이다.

이렇게 열매가 보통 붉은색으로 변하기 때문에 커피 열매를 체리라고 부르지만, 엄밀히 말하면 커피 종에 따라 변하는 색이 다르다. 종에 따라 붉은색 대신 노란색으로 익는 것들도 있다. 가끔 노란 체리가 붉은 체리보다 맛과 향이 좋은가에 대한 논쟁이 벌어지기도 하는데 단순히 체리 색으로 커피 품질을 나누는 것은 억지스럽고, 다만 노란 체리는 다 익은 것과 익지 않은 것의 구분이 어려우므로 모두 한데 섞이면 품질이 떨어질 가능성이 그다. 녹색 열매가 약간 노란색을 띠다가 완전히 노란색으로 변하게 되어서 다 성숙한 체리와 그렇지 못한 것을 구분하는 것이 붉은 체리보다 더 어렵기 때문이다. 농장에서 일하는 대부분의 일꾼은 하루에 얼마만큼 체리를 따느냐에 따라 일당이 결정되므로 당연히 많은 양의 체리를 빨리 따려고 한다.

커피 체리의 크기는 그 안에 든 씨앗의 크기가 결정한다고 해도 과언이 아니다. 그만큼 씨앗을 제외한 과육층이 무척이나 얇다. 그래서 커피 가공 첫단계에서 커피 체리의 껍질을 벗길 때 과육층까지 모두 벗겨진다.

열매는 달고 향기롭다. 아주 독특한 향이 과육에서 올라오는데 싱싱한 체리를 입안에서 터트리면 과일 맛 캔디에서 느껴지는 싱그러운 향과 단맛 그리고 향신료처럼 탁 쏘는 느낌이 입안에 퍼진다. 단맛을 제외하면 한마디로 어떻다고 말하기 어려운 이국적인 맛이다. 반면 변질되거나 벌레 먹은 과육은 음식이 부패했을 때 나는 강한 발효취와 떫은 신맛을 만든다.

커피 체리는 수확 후 그 안의 씨앗을 얻기 위한 일련의 가공 과정을 거치고, 이에 따라 커피의 특성과 품질이 많이 달라진다. 사실 좀더 엄격히 말하자면, 달라지는 것이 아니라 원래 체리가 가지고 있던 복잡하고 다양한 풍미들이 보존되거나 변질되는 것이다. 그래서 잘 형성된 체리 자체의 풍미를 어떻게 보존할 것인가 하는 것이 가공의 핵심이 된다. 그만큼 커피 체리는 쉽게 변질된다.

잘 익은 체리는 자체의 당도가 매우 높다. 게다가 대부분의 커피 산지의 기온이 높다보니 조금 과장해서 나무에서 체리를 따는 그 순간부터 체리가 변질된다고까지 말한다. 보통은 수확 후 3시간 내에 껍질을 벗겨내지 않으면 발효가 시작된다. 과육층은 매우 얇기 때문에 그 안에 들어 있는 씨앗, 즉 커피에도 영향을 주게 되고 커피 맛이 변질된다. 그래서 산지에서는 고품질 커피 생산의 첫번째 단계로 '수확 후 즉시 가공'의 원칙을 강조하고 있다. 체리가 발효하면서 생기는 맛과 향은 한 번 생기고 나면 어떤 방법을 동원해도 없어지지 않기 때문이다.

워시드 가공과 내추럴 가공

커피 체리를 가공하는 방법에는 크게 두 가지가 있다. 워시드 가공법^{washed} process과 내추럴 가공법natural process이다.

보통 물이 풍부한 곳에서는 물을 많이 사용하여 가공한다. 체리의 변질을 막기 위해 체리의 껍질과 과육을 벗겨내기도 하는데 이 과정부터 물을 사용한다.

먼저 체리를 커다란 수조에 넣고 물 위로 뜨는 것과 가라앉는 것을 구분한다. 물 위로 뜨는 것들은 보기에는 멀쩡해도 벌레가 먹거나 체리가 너무 익어서 나무에서 말라버린 것들로, 이런 것들이 섞이면 커피의 맛과 향이 떨어진다. 또 이렇게 껍질을 벗기기 전에 체리를 물에 담그면 체리의 밀도를 체크할 수 있고, 체리에 붙어 있던 이물질 등을 씻어낼 수도 있다.

1차 분류를 마친 체리는 껍질을 벗겨내게 되는데, 이 과정을 펄핑pulping이라고 한다. 체리의 껍질을 벗기면 그 안에 두 개의 씨앗이 있고 씨앗은 파치먼트라는 노란색 껍질에 싸여 있다. 파치먼트들은 투명하고 미끌미끌한 점액질로 된 막에 둘러싸여 있는데 이것을 제거하는 과정을 발효fermentation라고 한다.

발효 과정은 나라와 지역, 속해 있는 기후에 따라 조금씩 차이가 있지만 목적은 동일하다. 발효를 하는 첫번째 이유는 커피를 잘 말리기 위해서다. 미끌미끌한 점액질에 싸여 있으면 커피를 잘 말리기가 어렵다. 보통 건기가 시작되는 때 커피를 수확하기는 하지만, 때로 수확기에 열대 국지성 호우인 스콜squall이 내리기도 해서 커피를 말리기가 여간 어렵지 않다. 또 커피는 정해진 수확기에 한꺼번에 많은 양을 가공해야 하기 때문에 잘 마르지 않으면 커피가 나무에서 썩거나 벌레 먹는 경우가 생긴다.

발효를 하는 두번째 이유는 커피의 맛과 향을 살리기 위해서다. 껍질과 과육을 벗겨내고 점액질에 둘러싸여 있는 파치먼트를 한곳에 모아두면 효소의 작용으로 커피가 가지고 있는 맛과 향이 더욱 두드러지게 된다. 효소

워시드 가공과정: 체리 선별 ⋯→ 세척 ⋯→ 발효 ⋯→ 발효 후 세척 ⋯→ 세척 후 파치먼트 (번호 순서대로)

들은 커피의 맛과 향을 살리는 한편 점액질도 녹이는 역할도 한다.

발효 방법과 발효 시간에 대해서는 농부마다 의견이 제각각이다. 커피에 관련된 의견들 중 가장 많은 이견이 존재할 정도로 나라마다 다른 것은 물론, 같은 나라 안에서도 지역에 따라 다르고, 같은 지역에서도 농장의 위치에 따라 의견이 달랐다. 발효조에 파치먼트를 담은 후 물을 넣어야 좋다는 농부와 물이 필요 없다는 농부, 14시간 정도를 발효시킨다는 농부와 최소한 20시간 이상을 발효시킨다는 농부, 발효조 위를 비닐과 막으로 덮어야 한다는 농부와 그럴 필요 없다는 농부 등 100명의 농부에게 물으면 100가지 답이 나올 만큼 다 달랐다.

나는 같은 일을 두고서 이렇게 다양한 의견이 나올 수 있다는 것이 처음엔 신기했다. 그리고 그들의 의견을 들으면 들을수록 궁금해졌다. 왜 농부마다 발효법이 다르고 어떤 근거로 그렇게 하고 있는 것인지 궁금했던 것이다. 그러나 나의 질문에 논리적으로 대답해주는 사람이 아무도 없었다. 그저 옛날부터 그렇게 해왔고, 누군가가 그렇게 하라고 알려줘서 그렇게 하고 있다고만 했다. 산지를 방문한 첫해에는 도통 이해할 수가 없었다. 똑같은 발효를 하는데 왜 저마다 다르게 하는가 싶었고, 같은 나라라면 통일된 지침서를 만들면 될 텐데 왜 그렇게 하지 않는가 싶었다.

그런데 좀더 산지의 경험이 쌓이고 나서야 그 이유를 알게 됐다. 이 모든 게 결국 날씨 때문이었다. 같은 나라라고 해도 지역별, 농장별로 위치에 따라 속해 있는 기후가 다르다. 커피는 날씨와 기후에 굉장히 예민한 작물이다보니 아주 작은 차이에도 민감하게 반응한다. 그래서 농부들은 저마다의 방법으로 가공을 하고 있었다. 몰라서가 아니라 그 지역의 특성을 누구보다도 잘 이해하고 있어서 저마다 다른 방법을 채택했던 것이다. 그런데 나는 산지에 와서도 어리석게 '일 더하기 일은 이'라는 산술적인 답을 찾고 있었던 것이다.

각자의 방식대로 발효를 하고 나면 보송보송한 파치먼트를 얻게 되고 물에 깨끗이 씻어 말린다. 이처럼 펄핑부터 말리기 전까지 물을 사용하는

세계 커피 산지의 커피 건조 모습

방법을 워시드 혹은 수세식 가공법이라고 부른다.

반면 물이 풍부하지 않은 지역에서는 별다른 과정 없이 열매 째로 따서 말린다. 열매의 과육이 완전히 마를 때까지 기다렸다가 잘 마르면 한꺼번에 탈곡시켜 생두를 얻는다. 이 방법을 내추럴 혹은 건식 가공법이라고 한다.

커피 한 알에 숨겨진 우주

워시드 가공법과 내추럴 가공법은 각각 장단점이 있다.

워시드는 물을 이용해 커피를 가공하므로 내추럴에 비해 고품질 생두를 얻을 수 있고, 잡맛이 덜 나며, 부드럽고 은은한 풍미가 있는 커피를 만드는 데 효과적이다. 그러나 발효시킬 때 시간과 노력이 많이 들고, 자칫 발효 시간을 제대로 맞추지 못하면 커피가 크게 변질될 가능성이 있다. 또 발효와 발효 후 세척 과정에서 어마어마한 양의 물이 든다. 이때 다량의 점액질 성분이 섞여서 물이 강한 산성으로 변하는데 정화하지 않고 그대로 강으로 흘려보내면 수질오염의 원인이 될 수 있다.

반면 내추럴은 단순히 체리를 따서 말리기만 하면 되므로 많은 노동력이 필요하지 않지만 건조하는 데 시간이 오래 걸린다. 또 열매째로 말리다 보니 커피가 마르는 동안 껍질과 과육이 부패한다. 그래서 발효취가 나는 커피를 얻게 될 가능성이 커진다. 물론 성공할 경우 워시드 커피에서 얻기 어려운 뛰어난 단맛과 깊은 풍미, 뛰어난 바디감을 얻을 수 있지만 실제로는 굉장히 어려운 일이다. 그래서 대개 내추럴 가공한 커피들이 워시드보다 품질이 떨어진다.

최근에는 내추럴과 워시드의 장단점을 응용해 펄프드 내추럴 가공법pulped natural process과 세미 워시드 가공법semi-washed process도 사용되고 있다. 이 두 방식은 수확한 체리를 물을 이용해 껍질과 과육을 벗겨내고 파치먼트를 점액질이 있는 상태로 그대로 말린다. 껍질을 벗기고 말리기 때문에 내추럴보다는 발효취가 적고, 발효와 세척 과정을 건너뛰기 때문에 워시드보다 물과 시간을 절약할 수 있다. 커피 품질에 있어서도 내추럴보다는 안정적인 맛을, 워시드보다는 묵직한 바디감과 깊은 풍미, 좋은 단맛을 이끌어낼 수 있다.

한편에서는 파치먼트에 붙어 있는 점액질마저도 건조 과정에서 커피 맛에 변질을 일으킬 수 있고, 수확기에 내리는 많은 비로 커피 건조가 어렵게 되자 이 문제를 해결하기 위한 새로운 기계가 등장하기도 했다. 바로 점액질 제거기demucilage machine로 탈수기를 연상시키는 구조로 되어 있는데, 파치먼트에 붙어 있는 점액질을 강한 회전으로 벗겨낸다. 회전수를 조절해서 점액질의 양을 원하는 만큼만 벗겨낼 수도 있다. 이 기계를 사용하면 커피의 풍미가 물에 녹아내리는 것을 방지하면서 발효가 진행되지 않게 조정할 수도 있고, 건조 시간도 줄일 수 있다. 그야말로 일석삼조의 역할을 하는 것이다. 특히 최근에 빈번히 발생하고 있는 기상이변과 느닷없이 내리는 많은 양의 비로 골치를 앓던 농부들이 이 방법을 이용하고 있다. 코스타리카에서는 이렇게 점액질을 조금 벗겨내 말리거나 아니면 점액질 상태 그대로 말린 커피들을 특별히 허니 커피honey coffee라고 부른다. 워시드 커피에 비해 단맛이 뛰어난 점을 부각시킨 것이다.

코스타리카의 허니 커피

이처럼 같은 체리를 가지고도 가공법을 달리하면 다른 커피를 만들어낼 수 있다. 커피나무가 자라는 환경적 요인, 즉 기후와 토양, 경작 방법, 가공 방법 등 이 모든 것이 커피의 풍미를 결정하는 중요한 요소들이다. 그렇기 때문에 커피의 맛은 단순하지 않다. 아니 단순할 수가 없다. 다만 지금까지 우리는 커피가 맛있는지 맛없는지 하는 단편적인 평가에만 머물러 있었기에 커피에서 어떤 맛이 나는지, 왜 그런 맛과 향이 나는지 생각해볼 기회가 없었던 것이다. 그래서 커피 한 알에 숨겨진 이 우주와 같은 세계를 모르고 지나쳤던 것이다.

THE QUALITY

커피는 누구나 알고 있듯 기호식품이다. 그래서 내 입맛에 맞는지 안 맞는지가 선택의 중요한 기준이 되지만 내 취향과 잘 맞는다고 해서 좋은 커피가 되는 것은 아니다. 왜냐하면 커피에도 품질이라는 객관적인 기준이 있고, 저마다의 커피가 산지의 특성을 반영하고 있기 때문이다.

MAZZER
MAZZER
COUNTER
CULTURE
COFFEE
FINCA
EL SALVADOR
BLACK CAT
CLASSIC ESPRESSO

MAZZER

커피에도
품질이 있을까

자주 커피를 마신다는 사람도 커피 맛이 어떠냐고 물으면 그냥 '향이 구수하고 쓴 맛이 난다'라고 답하는 것이 보통이다. 그러나 사실 커피는 '구수하고 쓰다'라고 표현하기에는 너무나 복잡한 맛과 향을 가지고 있다. 다만 우리가 느낀 것을 구체적으로 표현하는 데 익숙하지 않고, 커피 맛의 다채로움을 무심히 지나쳐버려서 그렇게 단순하게 표현해온 것이다.

실제로 커피 생두의 맛과 향을 내는 성분을 분석해보면, 약 1,200~1,300여 가지의 향미 성분이 나온다고 한다. 이 성분들은 로스팅하는 동안 열에 의해 결합하거나 분리되면서 절반 정도인 약 600~700여 가지만이 남는다고 한다. 만약 우리가 분석기처럼 예민한 후각과 미각을 가지고 있다면, 커피 한 잔을 마시면서 600여 가지의 향미를 느낄 수 있는 셈이다. 그러나 아쉽게도 인간이 기계가 아니다보니 이런 커피의 다채로운 특징을 서로 비슷하게 느끼거나 때로는 강렬한 몇몇 특징만을 느끼게 된다.

커피가 이처럼 복잡하고 다양한 맛과 향을 가지는 것은 생각해보면 지극히 당연한 일이다. 왜냐하면 커피도 '농작물'이기 때문이다. 흔히 와인을 마시거나 감별할 때 '테루아terroir'라는 표현을 쓴다. 테루아란 기후와 토질

을 포함하여 하나의 농작물이 자랄 때 영향을 주는 자연적, 지형적 환경을 통틀어 지칭하는 말로, 커피도 와인만큼 테루아를 적극 반영하는 농작물이다. 그래서 같은 종의 커피를 심어도 매년 다른 커피가 나오는 것이다. 그뿐만 아니라 커피는 다른 과일처럼 수확 후 바로 먹지 않고 일련의 가공 과정을 거치기 때문에 이 과정에서 커피의 풍미가 바뀌기도 한다.

커피의 품질 평가

커피의 품질 평가는 두 단계로 나뉜다. 첫번째 단계는 생두의 상태를 눈으로 보고 평가하는 과정으로, 생두의 모양과 냄새, 색깔을 확인하고 샘플로 채취한 약 300g의 생두 안에 들어 있는 결점두의 종류와 수를 세어 디펙트 점수를 매긴다. 이것으로 일단 판매가 가능한 등급과 등외 등급의 커피로 나누게 된다. 등외 등급은 대부분 깨져서 조각났거나 부분적으로 벌레를 먹었거나 미성숙한 커피 등이 섞여 있다. 눈으로 보아도 품질이 현저하게 떨어지는 커피들이지만 이 커피들도 시장에서 거래된다. 사실 많은 양의 리젝트reject라고 불리는 등외 등급의 커피들이 시장에서 인스턴트용이나 저가 커피 재료로 팔려나간다.

일단 판매 가능한 등급으로 분류되어도 이 안에는 많은 등급이 있다. 하지만 국제적으로 통일된 규격 등급은 없다. 최고 등급 커피의 공식 표기는 나라마다 다른데, 브라질은 NY2, 콜롬비아는 수프레모, 중미의 여러 나라들은 SHB, 케냐나 탄자니아 등 아프리카 지역은 AA/AB, 에티오피아와 인도네시아는 Grade1, Grade2 등을 사용한다.

몇몇 나라를 제외하면 보통 등급을 결정하는 데 디펙트 점수제를 사용한다. 샘플로 채취한 생두 안에 든 결점두의 종류와 개수를 헤아려 일정한 점수를 부여하는 것이다. 그런데 종종 이 디펙트 점수를 오해하는 경우가 있다. 예를 들어 보통 제로 디펙트라고 하면 결점두가 하나도 없는 것으로 생각하는 경우가 많은데, 이는 결점두가 하나도 없다는 뜻이 아니라 결점두별로 나누어 점수를 낸 합계가 제로라는 뜻이다. 나라마다 어떤 디펙트에 몇 점을 주는가는 조금씩 차이가 있지만, 일반적으로 커피 맛에 치명적인 영향을 주는 경우는 1개당 1점, 완전하지는 않지만 그다지 품질에 영향을 미치지 않는 경우는 5개나 그 이상일 경우 1점을 준다.

브라질 커피의 경우, 곰팡이가 생겨서 생두가 완전히 검게 변한 블랙빈black bean, 나무에서 떨어진 체리가 땅의 습기를 빨아들여 변질되었거나 발효조에서 과다하게 발효된 사우어 빈sour bean 등 커피 맛에 치명적 영향을 주는 디펙트들은 1개가 나올 때마다 1점을 부여한다. 그러나 잘 익지 않은 체리를 땄을 때 생기는 미성숙한 생두immature bean나 벌레 먹은 생두insect bean 등은 5개가 발견되어야 1점이 된다. 이런 식으로 점수를 주고 합한 총점이 6점 이하면 브라질 커피 최고 등급인 NY2 등급을 받게 된다.

따라서 제로 디펙트라는 표현은 실제로 두 가지 경우를 뜻한다. 현실적으로 거의 불가능하지만 말 그대로 결점두가 하나도 없는 경우와 결점두에 점수를 매겨 합한 점수가 제로인 경우다. 후자의 예를 들어보면, 1개당 1점을 받는 심각한 디펙트가 없고, 미성숙한 생두 2~3개와 벌레 먹은 생두 2~3개가 있다면 이 커피도 공식적으로는 제로 디펙트가 된다. 그래서 등급만 믿고 커피를 샀다가는 실제로 생각했던 것과 다른 커피를 받게 되어서 실망하는 경우가 종종 생긴다.

그런데 이렇게 1등급을 받은 커피라고 해도 모두 스페셜티가 되는 것

결점두 선별 작업

은 아니다. 다만 결점두가 적기 때문에 풍미가 좋아 스페셜티가 될 가능성은 높다. 1차로 물리적 평가를 통과한 커피들을 가지고 컵 퀄리티cup quality라는 커피 향미 평가를 거친 후 일정 기준 이상이 되어야만 스페셜티가 된다. 따라서 스페셜티가 되기 위해서는 품질 테스트의 두번째 단계인 향미 평가를 반드시 거쳐야 한다.

협회나 조직마다 사용하는 평가 방법과 기준이 약간씩 다르긴 하지만, 보통 커핑을 하고 나서 총점을 냈을 때 100점 만점에 80점 이상을 받으면 스페셜티라고 부른다. 79점 이하는 커머셜commercial이 되는데, 같은 커머셜이라고 해도 78~79점대의 커피들은 스페셜티와 점수 차이가 별로 나지 않으므로 하이 커머셜high commercial 혹은 프리미엄premium 등급으로 부르고 가격도 일반 커머셜 커피보다 후하게 쳐준다. 그다음 단계인 75점 이하의 커피들은 익스체인지exchange 등급으로 우리가 일반적으로 말하는 커머셜 커피가 여기에 속한다. 커머셜 아래로는 등외below grade와 커피로 분류하기에는 다소 부담스러운 트리아지triage가 있다. 트리아지 등급은 공식적으로는 거래되지 않는다.

스페셜티, 상위 10%의 특별함

전체 커피 생산량에서 스페셜티 커피의 비중은 얼마나 될까?

제아무리 훌륭한 농장이라 하더라도 생산되는 모든 커피가 스페셜티인 경우는 없다. 스페셜티의 양은 평균 생산량으로 봤을 때 전 세계 커피 생산량의 약 8% 정도밖에 되지 않으며 많아야 10% 정도다. 그만큼 스페셜티 생산은 어렵다. 그리고 이 10%도 채 되지 않는 스페셜티를 전 세계 바이어들이 나누어 갖게 된다. 이런 현실을 감안할 때 우리가 스페셜티라고 믿고 마시는 커피들이 정말 스페셜티가 맞을까 하는 의문이 생기기도 한다.

스페셜티가 되기 위해서는 기본적으로 갖추어야 할 요소가 있다. 바로 커핑 과정에서 평가하는 클린 컵과 단맛이다. 제아무리 훌륭한 풍미를 지니고 있더라도 이 두 가지에서 기준 이하의 평가를 받게 되면 스페셜티라고 말할 수 없다.

커피의 단맛은 잘 익은 체리에서만 나온다. 덜 익은 커피나 벌레 먹은 커피 혹은 너무 많이 익어서 변질되기 시작한 커피가 섞이면 커피의 단맛은 발현되지 않는다. 그래서 커피의 단맛은 원래의 체리 품질을 반영하는 척도가 되고 매우 중요하다.

클린 컵은 가공 과정과 관련이 있는데, 앞서 말한 것처럼 가공 과정이 어떤가에 따라 커피의 풍미는 물론 절대적인 품질까지 변한다. 가공 과정은 그만큼 중요하다. 이 과정이 청결하지 않고 각각의 단계에서 정성을 들이지 않으면 맛과 향에서 반드시 그 흔적이 남게 된다. 대표적인 것이 커피가 '탁해지는 것'으로 맛과 향에서 커피 이외의 이물감이 느껴지는 것인데, 있는 듯 없는 듯 미세하게 느껴지기 때문에 세심하게 커핑을 해야만 발견할 수 있다. 이제 막 커핑을 시작한 초보자나 아직 커핑이 서툰 사람은 클린 컵을 정확히 평가하기가 무척이나 어렵다. 그래서 때로는 이 '탁함'을 커피의 특성으로 잘못 받아들이는 경우도 있다.

이렇게 클린 컵과 단맛을 평가한 후에는 아로마를 비롯한 여러 가지 풍미를 평가한다. 커피의 특징을 결정짓는 플레이버flavor, 후각과 미각 등으로 느껴지는 복합적인 향미는 어떤지, 커피를 입안에 머금었을 때 어떤 느낌인지, 커피의 산미는 어떤지, 커피를 마시거나 뱉고 나서 남는 뒷맛은 어떤지 등을 평가하는데, 아라비카 커피에서 중요하게 평가하는 요소 중 하나가 바로 커피의 산미다.

산미의 영어 표기인 'acidity'는 우리말로는 신맛으로 해석된다. 그래서 손님들에게 이 커피는 참 좋은 신맛을 가지고 있다고 설명하면, "전 신맛이 싫어요"라든지 "신맛이요? 커피가 상했나요?"라는 식의 반응을 보일 때가 종종 있다. 신맛을 연상하면 보통 식초처럼 강한 맛이 떠오르기 때문인데, 커피에서 말하는 산미는 이런 신맛이라기보다는 레몬이나 오렌지 같은 과일에서 느낄 수 있는 새콤함 정도로 이해하면 좋다. 즉, 식욕을 돋우고 입맛을 자극하는 부드럽고 좋은 신맛을 커피의 산미라고 부른다.

대부분의 아라비카 커피는 어느 정도의 산미를 가지고 있지만 커피나무가 자라는 환경에 따라 산미의 차이가 생긴다. 특히 농장이 위치한 고도에 따라 산미의 품질이 달라지는데, 고도가 높고 지형이 척박할수록 고급스러운 산미가 만들어지고 고품질의 커피가 될 가능성도 높아진다.

그렇다면 왜 산미가 커피 품질에 있어서 중요한 것일까?

그것은 산미가 커피 맛을 내는 다른 성분들에 미치는 영향 때문이다. 커피의 산미는 사람의 신체에 비유하자면 척추와 같은 역할을 한다. 커피에는 여러 가지 맛을 내는 성분들이 있는데 산미가 중심이 되어서 모든 맛을 잡아주는 기둥 역할을 하는 것이다. 그래서 같은 커피라도 적절한 산미가 없으면 커피의 풍미가 어두워지고 희미해진다. 이런 커피를 먹으면 우리는 맛없다고 느낀다.

산미는 꼭 신맛으로 느껴지는 것은 아니다. 마시면서 시다고 느끼는 커피는 의외로 많지 않고, 우리가 느끼지 못하더라도 대부분의 아라비카 커피는 어느 정도의 산미를 가지고 있다. 다만 그 산의 양이 많고 레몬의 신맛과 비슷하면 상대적으로 자극적으로 느끼게 되고, 사과나 포도에 들어 있는 산

과 비슷하면 커피의 다른 맛들과 어우러져 잘 드러나지 않아 그 맛을 잘 모르고 지나치기도 한다. 그래서 같은 스페셜티 등급에서도 커피 안에 어떤 종류의 산이 얼마나 들어 있는가 하는 것이 또 다른 평가 기준이 된다.

최근 미국을 중심으로 스페셜티에 대한 수요가 급증하면서 그야말로 고급커피를 둘러싼 커피전쟁이 벌어지고 있다. 더욱이 스페셜티뿐 아니라 커피 공급량이 절대적으로 부족한 실정이다. 급변하는 날씨와 기상이변으로 인해 커피 생산량이 준데다 우리나라를 비롯해 중국, 러시아, 브라질 등 새로운 커피 소비국이 등장하면서 공급량이 턱없이 부족해진 것이다.

이렇게 공급량이 부족한 실정에서는 부족한 양을 채우는 게 우선이다 보니 커피의 품질을 논하기가 매우 어렵다. 특히 요즘처럼 커피 가격이 폭등하는 시기에는 커머셜과 스페셜티의 가격차가 크지 않다. 그러다보니 농부들은 현금으로 바로 후하게 돈을 쳐주는 커머셜 상인들의 유혹을 견디지 못한다.

그렇기 때문에 스페셜티 시장에 접근하려면 적절한 가격은 물론 농장주와 서로 믿고 신뢰할 수 있는 관계가 형성되어야 한다. 양은 한정되어 있고 점점 더 많은 사람들이 좋은 커피를 원하고 있다. 같은 가격이라면 팔이 안으로 굽는다고 좋은 관계를 유지해온 바이어에게 먼저 기회를 주는 것이 인지상정이다. 그런데 이런 상황을 잘 모르는 일부 바이어들은 본인이 커피를 구매하므로 당연히 농장주보다 유리한 입장에 있다고 착각을 한다. 커피는 많고, 가격을 결정하는 주체도 본인이라고 생각하는 것이다. 그러나 사실은 그렇지 않다.

물론 커피는 많다. 그러나 좋은 커피는 많지 않다. 바이어에게만 선택권이 있는 것이 아니라 농부에게도 선택권이 있다. 그래서 서로의 신뢰관계가 중요하고 신뢰가 쌓여야만 스페셜티 시장에 들어갈 수 있다.

모두 스페셜티를 외치고 그 시장에 들어가 있다고 믿는다. 그러나 실상 시장 안에 들어가 있는 사람은 드물다. 그래서 이 시장이 어려운 것이다.

COSTA RICA
LA PIRA
LOCATION
9°40'13.24"N x 84°01'00.66"W
ELEVATION
1650–1675 Meters
VARIETAL
Caturra & Catuaí

THE PRICE

2011년 3월, 끝을 모르고 오르던 커피 가격은 결국 파운드당 3달러를 넘어섰다. 줄곧 1달러 50센트 선을 오르내리던 커피 가격이 2010년 10월을 지나 2달러 선을 돌파하더니 6개월도 채 되지 않아 3달러를 넘어선 것이다. 계속되는 기상이변으로 건기임에도 많은 양의 비가 내려서 브라질과 콜롬비아의 커피 생산량이 40% 정도 감소되었다는 소식과 함께 커피 가격은 그야말로 하늘 높은 줄 모르고 치솟고 있었다.

커피 가격은
어떻게 결정될까

우리가 커피 가격을 이해하기 위해서는 커피가 거래되는 방식을 먼저 살펴봐야 한다.

커피 가격에는 우선 우리가 흔히 '뉴욕 C'라고 부르는 커머셜 커피 가격이 있다. 뉴욕 C는 마치 주식시장처럼 시시각각 거래가 이루어지는데, 전 세계 커피 시장의 가격을 결정하는 중요한 지표가 된다. 상업적으로 거래되는 대규모 커피 가격이 뉴욕 C를 기준으로 결정되고, 스페셜티 역시 뉴욕 C가 얼마에 형성되느냐에 따라 거기에 더하거나 빼서 가격을 결정하기 때문이다.

커피는 세계 2위의 무역량을 차지하는 물품으로 석유 다음으로 거래가 활발하게 진행되는 교역품이다. 산지와 소비지가 확연히 분리되어 있다보니 수출과 수입을 통해 그 공급과 수요가 이루어지고 있다.

커피 무역은 선물시장을 통해 거래되는데, 로부스타 커피는 런던에서, 아라비카 커피는 뉴욕에서 거래되고 있다. 뉴욕에 있는 선물거래소는 'New York Board of Trade'로 줄여서 'NYBT'라고 부른다. 그래서 '커피 가격이 얼마다'라고 말할 때 '오늘 뉴욕 C가 얼마다'라는 표현을 쓰는 것이다. 현재는 이름이 바뀌어서 ‘ICE Futures U.S’ 혹은 간단히 ‘ICE^Inter Continental Exchange’로 부르고 있다.

뉴욕 C는 중남미, 아시아, 아프리카 등 여러 커피 산지에서 생산되는 워시드 아라비카 커피를 기준으로 커피 향미 평가에서 75점 이하를 받은 익스체인지 등급에 속하는 커피들이 거래된다. 뉴욕 C 가격을 기준으로 그보다 높은 등급의 커피에는 프리미엄이 붙고, 그 이하인 등급 외 커피에는 디스카운트가 적용되어 가격이 떨어진다. 프리미엄과 디스카운트의 폭은 나라별, 농장별로 차이가 있다.

보통 선물시장에서 무언가를 사고판다는 것은, 당장 필요한 것을 사고파는 것이 아니라 미래의 어느 시점을 지정하고 그날 필요한 양을 미리 거래하는 것을 말한다. 커피의 경우도 마찬가지로 앞으로 거래할 양을 2개월씩 묶어서 사고판다. 정기적으로는 3월, 5월, 7월, 9월, 12월에 인도^引渡하는 분량을 거래하며 수시로 비정기적인 거래가 이루어지기도 한다(내가 이 글을 쓰고 있는 2011년 8월 5일 ICE에서는 2011년 12월 19일 인도분 커피가 거래되고 있다). 거래 최소량은 37,500파운드로 약 17,010kg 정도다. 커피 자루로 따져보면 69kg 정도 나가는 커피 자루 250개 분량이다. 20피트짜리 컨테이너 한 상자 분량인 것이다.

뉴욕 C 가격은 주요 커피 산지의 날씨 변화, 정치적 이슈, 예상 생산량, 운임 비용의 인상폭 그리고 그밖의 예상치 못했던 요인들에 의해 하루에도 수백 번을 오르내린다. 때로는 예상치 못한 요인들이 커피 가격을 결정하는 주요 원인이 되기도 하는데, 예를 들어 커피 산지에 갑자기 가뭄이 왔다든지 냉해로 커피 생산량이 줄거나 혹은 줄지도 모른다는 소문이 돌면 그때부터 가격이 급등한다. 그러다 피해치가 예상보다 크지 않을 것이라는 뉴스가 나오면 그제야 가격은 안정세로 돌아선다. 이렇게 커머셜 커피의 가격은 하루에도 몇 번씩 요동친다.

품질과 신뢰를 바탕으로 한 스페셜티 가격

그렇다면 스페셜티 커피의 가격은 어떻게 결정될까?

스페셜티는 커머셜처럼 정해진 가격이라는 게 존재하지 않는다. 부르는 게 값이고 주는 게 값이다. 즉, 농장주와 바이어의 합의하에 가격이 결정된다. 물론 현재 시장가격인 뉴욕 C를 염두에 두고 가격협상이 이루어지는데 뉴욕 C를 기준으로 얼마나 고품질이냐에 따라 프리미엄이 더해진다.

농장주가 스페셜티를 만들어내기 위해서는 정성과 노력은 물론 아낌없는 투자가 필요하다. 스페셜티는 말 그대로 특별한 커피이므로 그냥 만들어지지 않는다. 우선 커피나무에 충분한 영양분을 공급해주어야 하고, 나무가 영양분을 잘 섭취하기 위해서는 토질도 비옥해야 한다. 그러다보니 농부들은 스페셜티를 만들어내기 위한 첫번째 단계인 토질 관리에 많은 시간과 노력, 금전적인 투자를 한다. 토질을 분석해서 모자라거나 필요한 성분을 보충하기도 하고 유기농 비료를 만들어 지력地力을 높이는 등 최선을 다한다.

나무가 어떤 영양분을 얻느냐에 따라 열매인 커피 체리의 품질도 달라진다. 일단 체리가 건강하고 좋아야 스페셜티가 될 수 있는 기본 조건을 갖추게 되고 나아가 맛과 향이 풍부한 커피 씨앗을 갖게 되는 것이다. 이런 복잡하고 정교한 과정을 무사히 거쳐야만 비로소 스페셜티다운 스페셜티가 만들어진다.

그래서 스페셜티 바이어는 커피 가격에 이런 농부들의 수고를 반영한다. 품질을 평가하고 스페셜티 등급으로 판단되면 그에 상응하는 적절한 가격을 제시하는 것이다. 물론 바이어마다 머릿속으로 생각하고 있는 적절한 가격은 있지만 커머셜 커피처럼 공급량의 많고 적음에 따라 가격이 오르내리지는 않는다. 양이 아무리 많아도 커피의 품질이 우수하다면 얼마든지 그에 상응하는 가격을 지불한다. 반대로 양이 적어도 품질이 만족스럽지 않다면 높은 가격을 제시하지 않는다. 이렇게 스페셜티 커피의 가격은 철저하게 품질에 따라 결정된다.

내 경우에는 일단 수확기에 미리 농장을 방문해서 생산량과 품질을 예측한다. 그리고 준비가 되어 있으면 커핑을 해본다. 그러나 수확기에 구매 결정은 내리지 않는다. 커피 수확이 완전히 끝날 때까지 기다려야 커피 선택의 폭이 넓어지기 때문이다. 다만 올해 수확될 커피에 대한 품질과 특성에 대해 간을 보는 정도로 커핑을 해둔다. 그리고 사고 싶은 커피가 있으면 수확이 끝날 때쯤 농부들에게 샘플을 요청한다. 전에 거래했던 농장들은 이미 서로의 취향을 잘 알고 있기 때문에 특별한 설명을 보태지 않아도 적절한 샘플들을 잘 선별해서 보내준다. 반면 거래가 없었던 농장주에게는 어떤 커피를 원하는지 세세하게 설명한 후 샘플을 요청한다.

이렇게 샘플이 도착하면 커핑을 시작한다. 마음에 드는 커피가 있으면 다행이지만, 품질이 기대했던 것보다 못하면 몇 번이고 다시 샘플을 요청한다. 때로는 다시 산지로 가서 현지에서 커핑을 하기도 한다. 이렇게 하면 많은 샘플들을 커핑해볼 수 있어서 선택의 폭이 더욱 넓어진다.

현지에서 마음에 드는 커피를 발견하면 일단 구매할 의사가 있음을 밝히고 200g 정도의 샘플을 얻는다. 그리고 한국으로 돌아와서 내 커핑실에서 다시 커핑을 한다. 정말 좋은 커피가 맞는지, 커핑에 실수가 있지는 않았는지, 현지의 물맛 등에 영향을 받은 것은 아닌지를 생각하면서 천천히 마지막 점검을 하고 구매할 커피를 결정한다. 이런 까다로운 과정을 거쳐 구매할 커피를 결정하면, 나는 농부에게 먼저 가격을 묻는다. 일단 필요한 양을 얘기한 다음 가격을 얼마 정도로 생각하고 있는지 묻는데 대개 짐작한 가격이 나온다. 이것은 실로 놀라운 일인데, 서로가 신뢰관계로 맺어지면 가격을 정하기가 한결 수월해진다.

2009 브라질 COE 1등을 차지한 오우로 베르디 농장의 커피

진정한 스페셜티 바이어가 되는 법

스페셜티 커피를 생산하는 농부들은 본인이 좋은 커피를 가지고 있다거나 커머셜 시장의 가격이 높다고 해서 바이어에게 무리한 가격을 요구하지 않는다. 오히려 가격이 조금 낮아도 오랫동안 안정적이고 좋은 가격에 커피를 구매하는 바이어와 거래하고 싶어한다. 비싼 가격을 부르는 바이어들은 본인에게 그랬듯 다른 농부에게 더 좋은 커피가 있으면 언제든지 그쪽으로 달려간다는 것을 알고 있는 것이다. 그렇기 때문에 자신들의 노력을 알아주고 합리적인 가격을 제시하는, 서로 오랫동안 거래할 수 있는 바이어를 원한다. 바이어의 입장도 마찬가지다. 스페셜티를 거래하는 바이어들은 커피 시장의 흐름을 누구보다 잘 알고 있고 농부들의 입장 또한 잘 헤아린다. 그래서 그들에게 무리한 요구를 하지 않는다.

산지를 자주 다니다 보면, 스페셜티를 재배하는 농부들 사이에 공통점이 있다는 것을 느끼게 된다. 이들은 다르다. 정말 다르다. 남들과 다른 특별한 기술이 있는 것은 아니지만, 어느 것 하나 정성을 쏟지 않는 게 없다. 마치 자식을 돌보는 부모처럼 커피나무 한 그루, 체리 한 알을 돌보고 관리한다. 그래서 그런 고품질 커피가 나오는 것이다. 농부들이 커피를 위해 무엇을 했다고 세세하게 말하지 않아도 커핑을 해보면 이런 노력은 바로 커피에서 나타난다. 다른 농장에서는 절대 찾아볼 수 없는 깊은 풍미와 부드러운 감촉, 입안에서 사라지면서 남는 긴 여운. 이 모든 것이 농부의 피와 땀의 결실인 것이다. 그래서 바이어들도 농부들에게 값을 깎아달라고 말하지 않는다. 혹시 가격이 너무 부담스러우면 내년을 기약하자거나 좀더 노력해서 거래가 성사되게 해보자는 말로 서로를 격려한다. 바이어는 바이어대로 농부가 제시한 가격에 사주지 못하는 것에 미안함을 느끼고, 농부 또한 가격을 낮춰줄 수 없는 것에 미안함을 느낀다.

물론 모든 바이어들이 이렇게 신사적인 것은 아니다. 산지에서 듣게 되는 바이어들의 유형은 정말로 다양하다. 농부가 비싼 가격을 부를 거라고 미루어 짐작하고 무조건 깎아달라고 조르는 사람, 말로는 스페셜티를 원한다고 하지만 기준도 잘 모르는 사람, 사겠다고 약속해놓고 감감무소식인 사람 등 농부들을 곤란에 빠뜨리는 바이어들도 많다.

진정한 스페셜티 바이어가 되고 싶으면 첫째도 신뢰를 지켜야 하고, 둘째도 신뢰를 지켜야 한다. 조금 과장해서 말하면 어느 한 농부에게 내가 한 말과 행동이 지구 반대편에 있는 다른 농부에게 전달될 정도로 스페셜티 시장은 좁다. 스페셜티를 재배하는 농부들끼리는 나라가 달라도 직간접적으로 연결되어 있고, 바이어들도 서로를 너무도 잘 알고 있다. 그래서 한 번 신뢰를 잃으면 좀처럼 회복하기 어렵다. 그래서 때로는 이런 신뢰관계가 커피를 구하는 일보다 더 중요한 문제가 될 수도 있다.

그래서인지 스페셜티 시장에는 특별한 커피만큼 특별한 사람들도 많다. 지금부터는 내가 만난 그 특별한 사람들의 이야기를 하려 한다.

03

스페셜티 커피를 만드는
특별한 사람들의 이야기

ETHIOPIA

에티오피아는 커피의 고향이라고 불린다. 염소치기 칼디에 의해 처음 커피가 발견되었다는 커피 기원설의 배경이 되는 곳이 바로 에티오피아의 '카파Kaffa' 지역이기 때문이다. 뿐만 아니라 전체 인구 8천만 명 중 1/3에 해당하는 2천 5백만 명의 사람들이 직간접적으로 커피산업에 종사하고 있고, 세계 5위의 커피 생산국이기도 하다. 또 전체 생산량의 절반 정도를 자국에서 소비하는 산지 중에 몇 안 되는 커피 소비국이다.

커피 직거래의 시작,
엘레아나를 만나다

2009년에 들어서면서 우리는 연일 오르는 엔화 때문에 골머리를 앓고 있었다. 2008년 800원대에 머무르던 환율이 중반을 넘어서면서 1,000원을 넘기더니 급기야 2009년 1월에는 1,500원대를 넘어서고 있었다. 당시 우리 회사는 모든 생두를 일본에서 들여오고 있었기 때문에 갑자기 오르기 시작하는 엔화는 큰 부담이었다. 일본 커피 시장이 우리보다 앞서 있었고, 등급에 상관없이 고품질 생두를 많이 가지고 있었기 때문에 우리는 초기부터 줄곧 일본의 생두업체를 통해 커피를 들여오고 있었다. 국제 커피 시장은 모든 거래가 미국 달러로 진행되지만 일본의 생두업체는 엔화로 결제하는 것을 원칙으로 하고 있었다. 그래서 생두 가격 상승은 차치하고서라도 환율 상승으로 인한 부담감이 이만저만이 아니었다. 여기에 엎친 데 덮친 격으로 보유하고 있는 커피도 점점 떨어져가고 있었다.

두 배 가까운 환율 차이로 인한 부담을 떠안고 계속 일본과 거래할 것인가 아니면 품질이 떨어지는 것을 감안하고 다른 업체를 물색할 것인가. 우리는 두 가지 갈림길에서 고민하고 있었다. 당시 우리는 커피 산지에 대한 정보는커녕 일본 외에 미국이나 유럽에 어떤 생두회사들이 있는지조차 잘 모르고 있었다. 그래서 더욱더 진퇴양난에 빠진 느낌이었다. 내가 테라로사에 입사한 지 3년째 접어드는 해의 일이었다.

고민 끝에 우리는 품질은 포기할 수 없다는 결론을 내리고 당장 바닥을 드러내고 있는 에티오피아 커피만 급한 대로 수입하기로 했다. 그런데 하필 그때 일본 정부가 에티오피아 커피에 대한 수출입전면금지조치를 내렸다는 소식이 들려왔다. 에티오피아에서 일본으로 수입된 커피 중 일부에서 기준치 이상의 농약이 검출되었다는 것이다. 이때가 2009년 2월쯤이었는데, 에티오피아는 11월부터 본격적인 커피 수확기가 시작되기 때문에 한참 새로 수확한 커피들이 일본으로 들어오는 중이었다. 수출입 금지 조치로 우리와 거래하던 일본의 생두업체도 비상이 걸렸다. 에티오피아산 커피들이 모두 세관에 묶여 있는 상태였기 때문에 내다 팔 커피가 없었던 것이다.

에스프레소용으로 에티오피아 커피를 사용하고 있던 우리는 더욱더 곤란해졌다. 에티오피아 커피는 지형적 특색 때문인지 풍미가 매우 독특하고 이국적이어서 다른 커피로 바꿀 수가 없었다. 블렌딩용으로 넣던 비율을 줄이거나 아예 빼버리면 반드시 그 흔적이 남게 된다. 우리는 반드시 에티오피아 커피가 필요했지만 커피를 구할 길이 없었다. 아니 구할 길을 알지 못했다.

대책 없이 며칠이 흘렀다. 그러던 어느 날 사장님께서 광고책자 하나를 가져오셨다. 일본에서 열렸던 커피 전시회에서 가져온 여러 팸플릿 중 하나였다. 에티오피아에 있는 모플라코라는 커피 수출업체의 것이었다. 사장님은 뜬금없이 이곳과 연락해 당장 에티오피아에 가보자고 하셨다.

"네? 에티오피아를요? 아프리카 에티오피아에 가자고요?"

나는 적잖이 당황했다. 한 번도 가본 적이 없는 아프리카를, 그것도 광고책자 하나에 의지해 간다는 것이 말도 안 되는 소리처럼 들렸던 것이다. 물론 나도 언젠가는 커피산지에 꼭 한번 가보고 싶다고 생각하고 있었지만, 아무 준비도 없이 이렇게 갑자기는 아니었다.

사장님은 잔뜩 겁먹은 나를 다독였다.

"괜찮을 거야. 거기도 사람 사는 곳이잖아. 언제까지 일본을 통해 생두를 들여올 수도 없고 이참에 우리도 직거래를 시작해보자고."

사장님 말씀대로였다. 언제까지 일본에 의지할 수도 없는 일이고 우리에게는 달리 대안이 없었다. 나는 광고책자에 적힌 연락처로 당장 메일을 보냈다. 다음 날 수출업체로부터 수확한 커피가 많이 있으니 언제든 방문을 환영한다는 짧은 답장을 받았다.

일주일 후 우리는 두바이를 거쳐 에티오피아로 향하는 비행기를 타고 있었다. 이것이 우리 회사의 본격적인 커피 직거래의 시작이었다.

커피 상인이 된 투자 전문가

인천에서 두바이, 두바이에서 아디스아바바Addis Ababa로 가는 13시간의 장거리 비행 끝에 우리는 드디어 에티오피아에 도착했다. 공항에서 짐을 찾고 마중 나오기로 한 수출업체 사람을 찾아 두리번거리고 있는데 저만치서 한 사람이 웃으며 우리 쪽으로 다가왔다. 자그마한 키에 얼굴은 작고 눈이 큰 백인 여성이었다. '마중 나온 직원인가보다' 하고 있는데 그쪽에서 먼저 유창한 영어로 인사를 청했다.

"안녕하세요. 모플라코 사장 엘레아나입니다. 만나서 반갑습니다."

'이렇게 젊은 여자가 사장이라고?'

예상과는 전혀 다른 인물의 등장에 나는 조금 놀랐다. 아무리 봐도 기껏해야 30대 후반쯤 되어 보이는데 사장이라니. 설마 우리 때문에 사장이 직접 여기까지 온 건가 하는 생각에 약간 얼떨떨한 기분마저 들었다.

약간은 어색한 악수를 나누고 우리는 공항을 나와 그녀의 회사가 있는 게르지Gerji 지역으로 향했다. 잠시 후 도착한 그녀의 회사는 생각했던 것보다 규모가 훨씬 더 컸다. 30대의 젊은 여성이 혼자 이끌어가기에는 좀 무리가 아닐까 싶을 정도였다. 우리나라의 웬만한 중소기업 이상의 규모로, 알고 보니 에티오피아에서 다섯번째로 규모가 큰 커피 수출회사라고 했다. 제법 큰 건물 두 동이 모두 그녀의 회사 소유였는데, 한 곳에는 수출에 필요한 여러 가지 서류작업을 하는 사무실과 커핑룸, 디펙트 선별 작업장이 있고, 다른 곳은 커피를 가공하는 드라이 밀 작업장으로 사용되고 있었다. 우리가 도착했을 때는 이미 가공이 끝난 커피를 항구로 옮기기 위해 커다란 트럭들이 줄지어 대기 중이었다.

엘레아나의 사무실에 도착한 우리는 간단한 인사를 나누고 서로의 이야기를 시작했다. 그때 그녀에게서 어린 나이에 커피 수출업체의 사장이 된 사연을 듣게 됐는데, 지금까지도 기억에 남을 정도로 놀랍기도 하면서 한편으로는 슬픈 이야기였다.

그녀의 이름은 엘레아나 조갈리스로 불과 3개월 전까지만 해도 스페인에서 집과 차, 한 달에 1만 달러 이상의 급여를 받던 전도유망한 투자 전문가였다. 그녀가 이런 화려한 생활을 뒤로하고 에티오피아로 돌아온 것은 뜻하지 않은 사건 때문이었다. 알고 보니 우리가 방문했을 때는 그녀의 아버지가 심장마비로 갑작스레 세상을 떠난 지 3개월이 채 되지 않았던 시기였던 것이다.

그녀의 아버지는 에티오피아로 이민 온 그리스 이민자의 아들로 12살 때부터 커피를 기르고 수출하는 일을 했다고 한다. 그러다 그의 성실함을 눈여겨보던 커피 수출상의 제안으로 지금의 회사를 인수하게 됐고, 하라^{Harar}

지역을 터전으로 삼아 회사를 키우게 된다. 당시 하라 지역은 척박하기로 소문난 곳이었지만, 그는 일찍부터 에티오피아의 다른 지역에서 발견할 수 없는 풍미를 가진 고품질 커피가 이곳에서 생산된다는 것을 눈여겨봐두었던 것이다. 그는 그때까지 아무도 수출하지 않던 하라 지역의 커피를 커피 시장에 내놓게 되고, 남들과는 다른 차별화 전략으로 바이어들 사이에서 유명해진다. 그러면서 그의 커피 사업도 본격적인 궤도에 오르게 되는데, 주로 일본인들을 사업 파트너로 삼아 에티오피아 최고 품질의 커피를 찾아내 공급해왔다고 한다. 그래서 엘레아나가 회사를 물려받았을 때도 대부분의 바이어들이 일본 상인들이었고, 이미 일본 내 여러 유명 업체들과 오래전부터 거래하고 있었다.

아버지의 갑작스런 부고를 받고 에티오피아로 돌아온 그녀는 여러 가지 어려움에 부닥치게 된다. 슬픔을 느낄 겨를도 없이 당장 앞에 닥친 여러 문제들을 해결해야 했다. 정부는 정부대로 은행은 은행대로 직원들은 직원들대로 시도 때도 없이 그녀를 불러댔고, 누군가는 책임을 지고 회사를 맡아 운영해야 할 상황이었다. 그러나 어릴 적 에티오피아를 떠나 국제 금융인으로 부족함 없는 삶을 살아온 그녀에게 에티오피아로의 복귀는 쉬운 문제가 아니었다. 이미 그리스에 있던 그녀의 여동생은 사업에는 관심 없다는 의사를 분명히 한 터라 그녀가 맡지 않으면 회사는 문을 닫아야 할 상황이었다. 그녀는 오랜 고민 끝에 결국 스페인 생활을 접고 에티오피아로 돌아오기로 한다. 35년간 아버지의 피땀으로 만들어진 회사를 차마 없앨 수는 없었던 것이다. 그렇게 엘레아나는 낯선 땅에서 커피 상인으로 새로운 인생을 시작하게 된다.

모플라코 회사의 디펙트 선별 작업장

예가체페로 향하는 차 안에서

예가체페Yirgacheffe로 가는 길에 나는 엘라아나에게 많은 질문들을 쏟아내기 시작했다. 에티오피아 커피의 생산 시스템, 거래 방식, 수출 방식 심지어는 그녀 아버지가 어떤 방법으로 커피나무를 길렀는지, 미국의 어떤 회사는 에티오피아 무슨 커피를 쓴다는데 그 회사 커피를 먹어봤느냐는 등 그동안 책을 보거나 미국과 유럽을 돌아다니며 긁어모은 에티오피아 커피에 대한 궁금증들을 물어대기 시작한 것이다.

지금 생각해보면 참으로 무례한 행동이었다. 커피를 시작한 지 고작 3개월이 된 그녀에게 나는 전문가나 교수님에게나 물어볼 만한 것들을 마구잡이로 물었던 것이다. 그렇지 않아도 처음 만난 바이어 앞에서 잔뜩 긴장하고 있었을 텐데 취조하듯이 5시간을 내리 질문을 해댔으니 얼마나 당황했을까? 그러나 나는 나대로 처음 커피 산지를 방문한 설렘으로 들떠 있었던 데다 책으로 공부하면서 느꼈던 답답함을 풀 유일한 기회라고 생각했기에 마음이 급했다.

나중에 엘레아나는 그날 내가 쏟아내는 질문을 들으면서 자기가 얼마나 부족한지 알게 되었다고 말했다. 얼떨결에 아버지의 회사를 물려받기는 했지만 앞으로 어떻게 사업을 꾸려가야 할지 헤매고 있었던 것이다. 그렇게 답을 찾지 못하고 있던 때에 나를 만나고 내 얘기를 들으며 자신이 해야 할 일들에 대한 답을 찾기 시작했다고 했다.

우리는 비포장 도로를 몇 시간 달려 예가체페에 도착했다. 그런데 이미 수확기가 완전히 끝난 때라 좀처럼 커피를 보기가 어려웠다. 우리가 아쉬워하자 그녀는 방법을 궁리하다 뒷산으로 우리를 데리고 올라갔다. 에티오피아에서 생산되는 많은 커피들은 포레스트 커피forest coffee라 불리는 야생의 커피나무에서 자란다. 이 커피들은 나라에서 일정 허가권을 얻은 농부들이 산에 들어가 채집해서 판매하게 되는데, 그녀는 산속에는 커피가 남아 있을지도 모른다고 생각한 것이다. 우리는 가쁜 숨을 몰아쉬며 2시간 넘게 산을 올랐다. 그녀의 예상대로 군데군데 적은 양이지만 커피가 남아 있었다.

그녀는 내 질문에 대해 대답하기 힘들 때는 현지의 전문가들을 수배해 대신 물어봐주기도 했다. 우리를 마을의 농촌지도소쯤 되어 보이는 곳에 데려가기도 하고, 안 되면 오랫동안 커피를 재배해온 동네 어르신이라도 불러냈다. 나는 이런 그녀의 노력에 적잖이 감동했다. 당시 우리가 살 수 있는 커피의 양은 고작 150백 정도여서 일 년에 수십 컨테이너를 파는 그녀의 회사 입장에서 볼 때 우리는 정말 무시해도 좋을 소규모 바이어였다. 그러나 거래량과 상관없이 그녀는 나를 통해 스페셜티 커피라는 새로운 시장에 대해 알아가고 있었다.

사실 당시 그녀는 일본을 대신할 바이어가 절실한 상황이었다. 아버지 대신 회사 일을 맡자마자 일본 정부의 에티오피아 커피 수출입 금지 조치가 내려졌던 것이다. 농부들에게서 구입한 커피가 회사 창고에 가득했지만 팔 곳이 없는 난감한 상황이었다. 다른 판로를 찾아보려 했지만 그녀 혼자 힘으로는 역부족이었고, 주로 일본과 거래한다는 이미지 때문에 다른 바이어들을 찾기도 힘들었다. 올해는 그렇다고 해도 다음 해는 또 어떻게 할 것인가? 그녀는 고민했고, 다른 방법을 찾아야만 한다는 생각을 하고 있었다. 당장 커피를 수출하지 못하면 회사 운영에 큰 어려움을 겪을 것이 뻔했기 때문이다. 내심 이런 고민에 쌓여 있었던 때 나를 만났고, 그녀는 나를 통해 스페셜티 시장이라는 귀가 쫑긋한 이야기를 듣게 된 것이다. 아버지 방식의 커피 수출이 양 중심이었다면, 이제는 양보다는 질이어야 한다는 생각이 그녀의 머릿속을 빠르게 스치고 지나간 것이다.

나는 그녀에게 내가 아는 모든 이야기를 풀어냈다. 미국과 일본의 스페셜티 커피 시장이 어떻게 돌아가고 있고, 누가 그 핵심에 있으며, 지금 그들이 원하는 커피가 무엇인지…… 그녀와 나는 정말로 많은 이야기를 나누었다. 나는 그녀에게서 에티오피아 커피에 대해서 배우고, 그녀는 내게서 스페셜티 시장에 대해 배웠던 것이다. 그렇게 우리는 서로를 통해서 스페셜티 커피 시장에 한 발짝 더 다가갔다.

나는 커피 회사에 입사한 지 3년이 됐지만 현장 경험은 전혀 없는 초짜였고, 그녀는 3개월 전에 갑작스레 아버지를 잃고 잘 알지도 못하는 회사를 떠안고 어찌해야 할지 헤매고 있었다. 우리 둘 다 커피에 대해 아는 것보다 알아야 할 것이 많은 사람들이었다. 그러다보니 더 잘 통했던 것인지도 모른다.

나와 만난 후 엘레아나는 전 세계 커피 시장을 여행하기 시작했다. 내가 그랬던 것처럼 커피에 대한 지식을 쌓고 스페셜티 시장을 움직이고 있는 바이어들을 만나기 위한 긴 여정을 시작한 것이다. 그렇게 꼬박 2년을 돌고 나서 그녀는 내게 말했다.

"미스 리, 이제 스페셜티 시장과 사람들에 대해서 조금 알 것 같아요. 생각보다 시장은 좁더군요. 특히 사람들 사이의 관계가요. 모두 좋은 커피를 원하고 있어서인지 경쟁자이지만 필요한 정보는 늘 공유한다는 느낌을 받았어요. 또 신뢰를 대단히 중요하게 생각하더군요. 좋은 커피를 구하는 것만큼이나 믿을 만한 사람을 찾기 위해 노력한다는 사실도 알게 됐어요."

그녀는 역시 영특했다. 틈틈이 다닌 커피 시장 순례를 통해 그녀는 시장 상황을 정확히 읽고 있었다. 그러나 그녀에게는 아직 넘어야 할 산이 많이 있었다. 그녀의 생활 터전은 다름 아닌 에티오피아가 아니던가.

에티오피아에서의 생활은 수월하지 않았다. 엘레아나가 여자이고 혼자여서가 아니었다. 또 에티오피아가 경제적으로 최빈국이어서도 아니었다. 그녀를 한없이 외롭게 만들고 하루에도 수십 번 에티오피아로 돌아온 것이 과연 최선이었을까 하는 생각을 하게 만든 건 다름 아닌 같이 일하는 사람들이었다.

그녀의 아버지가 돌아가시고, 엘레아나가 공식적인 사장으로 출근하면서 많은 직원들이 면담을 요청해왔다. 엘레아나의 말에 의하면 이들 모두는 마치 약속이나 한 듯 벽에 걸린 아버지 사진 앞에서 1시간 정도 대성통

곡을 한단다. 그러고는 아버지와 자신이 얼마나 돈독한 사이였는지를 장황하게 설명하고 나서야 찾아온 이유를 말하기 시작하는데 그 이유라는 것이 참으로 어이없었다. 아무개는 아버지와 사이가 좋지 않았으니 그 사람 말고 자신을 믿으라고 당부를 하는 사람, 그녀의 아버지가 급여를 올려주겠다는 약속을 했다고 근거 없는 주장을 하는 사람, 회사가 자신에게 돈을 꾸어갔으니 갚으라는 황당한 빚 독촉을 하는 사람 등등. 제3자가 듣기에도 황당한 이야기들을 늘어놓곤 했다는 것이다. 그때마다 엘레아나는 서로가 서로를 헐뜯는 이 조직을 어디서부터 어떻게 끌고나갈 것인지 밤잠을 이루지 못하고 고민해야만 했다.

그뿐만이 아니었다. 끊임없이 반복되는 에티오피아인들의 거짓말과 핑계도 그녀를 지치게 했다. 끊임없는 변명과 핑계도 모자라 지시한 일들은 진행되지 않고 쌓여만 갔다. 직원들은 일을 마무리하지도 않고 하던 일을 그대로 놔두고 퇴근을 해버리기 일쑤였다. 매일같이 엘레아나의 고함소리가 여기저기서 들려왔다.

처음 엘레아나의 고함소리를 들었을 때 나는 무척이나 놀랐다. 그러나 며칠 지나고 나니 금세 그녀의 처지를 이해할 수 있었다. 외국인에다 여자, 어린 나이…… 무엇 하나 그녀에게 유리한 것은 없었다. 엘레아나는 사람들이 그녀가 언제 포기하고 돌아갈 것인가 내기하고 지켜보고 있는 듯한 느낌이었다고 말했다. 그 상황을 지켜보는 나도 가끔 같이 소리치고 싶을 만큼 힘든 날들이 계속되고 있었다.

그러나 그녀는 포기하지 않고 요령을 터득해가기 시작했다. 조바심내지 않고 직원들이 잘 따라올 수 있도록 가르치고 일깨워주고 있었다. 점차 그녀를 믿고 따르는 이들이 생겨났고 회사도 점점 안정되어갔다. 그렇게 되기까지 3년이라는 아주 긴 시간이 걸렸다.

그녀의 커피도 날로 좋아지고 있다. 커피 공부를 게을리하지 않고 기회가 될 때마다 에티오피아 구석구석을 다니며 공부한 결과이다. 이제 엘레나는 나의 질문에 자세히 답해주고 내가 모르는 전문 지식을 알려주기도 한다. 또 그녀의 아버지가 그랬던 것처럼 아직 시장에 널리 알려지지 않은 에티오피아 지역의 커피를 알리기 위해 노력하고 있다. 이런 그녀의 노력들이 차곡차곡 쌓여 이제는 바이어들 사이에서 '에티오피아의 엘레아나'라는 이름은 꽤나 유명해졌다. 인텔리젠시아의 제프 와츠나 스텀프타운의 그린빈 바이어 알레코 같은 유명인들도 소문을 듣고 그녀를 찾아가 커핑을 하고 커피를 살 정도다. 물론 나도 아주 만족할 만한 커피를 그녀에게서 공급받을 수 있었다.

나는 개인적으로 엘레아나를 생각하면 마음이 찡하다. 같은 커피 일을 하고 있는 동료로서, 그녀의 힘든 시작을 봐온 친구로서 느끼는 애정 어린 안타까움이다. 가끔은 내게 아무리 나쁜 상황이 닥친다고 해도 그녀만큼 혹독하지는 않을 거라고 생각할 때도 있다. 그만큼 엘레아나는 감당하기 어려운 문제들을 잔뜩 떠안고도 언제나 씩씩하게 헤쳐나간다. 그녀는 나에게 든든한 친구이자 믿음직한 파트너이고 커피에 대한 열정을 일깨우는 동료이다.

활짝 웃는 모습이 예쁜 엘레아나. 그녀는 커피의 고향 에티오피아가 선물한 무엇보다 소중한 인연이다.

하라 골든빈의
진실을 찾아서

하라 커피는 여러 가지 면에서 특별하다. 커피의 풍미가 일반적인 에티오피아 커피와 다른 것은 물론 생두의 모양도 폭이 좁고 길쭉한 형태이다. 생두를 그린빈이라고 부르는 것은 커피 콩이 녹색을 띠고 있기 때문인데 하라 지역의 생두는 일반적인 생두와는 달리 노란빛이 강한 연두색이 많다는 것도 독특한 점이다.

하라 지역의 커피는 100% 내추럴로 가공을 하는데, 이렇게 하면 생두가 워시드에 비해 노란색을 띠는 경향이 있기는 하다. 커피 열매를 그대로 말리다보니 껍질, 과육, 점액질, 파치먼트 등이 그린빈에 달라붙어서 생두 색깔이 선명한 녹색이 아닌 노란빛이 강한 연두색으로 변하기 때문이다. 그래서 생두의 색깔만으로도 이 커피가 어떤 방식으로 가공되었는지를 대충 짐작할 수 있다.

하라 지역은 에티오피아 내에서도 물이 부족하고 날씨가 건조해서 우기를 제외하면 거의 비가 내리지 않는다. 그래서 하라 지역의 커피는 100% 내추럴로 가공된다. 내추럴 가공은 커피 체리째로 말리기 때문에 체리가 쉽게 변질되거나 썩고, 이런 과육의 부패가 생두에 발효취를 남기게 된다. 물

하라 지역의 내추럴 가공방식. 말린 체리를 절구에 넣고 찧은 후 채반에서 껍질을 털어낸다

론 아주 어려운 일이긴 하지만 내추럴 가공으로 잘 말리면 커피가 지닐 수 있는 갖가지 맛을 지닌 아주 훌륭한 커피가 나오기도 한다. 다양한 풍미는 물론 깊은 단맛과 묵직한 바디 등 세상에 이런 커피도 있구나 하는 생각이 들 정도로 고품질 커피가 만들어지는 것이다.

그러나 하라 커피는 좀처럼 좋은 등급의 커피를 생산하기 어려운 상황이다. 내추럴 가공의 경우 커피의 스킨, 과육, 파치먼트가 모두 그대로 말라서 이것들을 통째로 벗겨내는 작업을 거쳐야 하는데, 하라 지역은 이 시설이 너무도 열악하다. 거의 대부분의 하라 커피는 사람 손으로 껍질을 벗겨내고 있는 것이다. 껍질을 벗길 때는 우리나라의 절구통과 같은 곳에 커피를 넣고 절구로 찧어 커피 껍질을 벗겨낸다. 그러다보니 절반 이상의 커피들이 깨지거나 부서져서 성한 모양의 생두를 찾기 힘들다. 눈으로 보기에도 워시드 커피에 비해 품질이 현저히 떨어지는 것이다. 그래서 내추럴로 가공된 커피는 아무리 품질이 좋아도 최고 등급이 4등급이다. 예가체페나 시다모 등 워시드로 가공한 커피의 최고 품질이 2등급인 점을 생각하면 훨씬 낮은 등급을 받게 되는 것이다.

또 내추럴로 가공을 하면 워시드만큼 체리 선별이 정확히 이루어지지 않는데 이것도 생두의 색깔에 영향을 준다. 생산량을 늘리기 위해 농부들이 체리를 마구 섞어 말리고, 이렇게 말린 것들을 탈곡해보면 노란빛을 띠는 그린빈들이 나오게 된다. 이런 생두들은 대체로 미숙두인 경우가 많다. 완전히 자라지 않은 녹색의 커피 열매를 그대로 따서 말리면 그 안의 씨가 완전히 자라지 못해 크기도 작고 색깔도 녹색이 아닌 노란색으로 변하기 때문이다. 이 생두들은 볶고 난 후에도 다른 원두들에 비해 유독 밝은 갈색을 띤다. 정상적으로 익은 체리와는 밀도가 다르기 때문에 같은 열과 시간을 가해주어도 익지 않은 것처럼 밝은색을 띠는 것이다. 이런 원두가 커피에 섞이게 되면 떫은 뒷맛을 남긴다. 그래서 보통은 로스팅하기 전에 생두 상태에서 골라낸다.

그런데 하라 지역의 커피에는 유독 이 노란빛의 생두가 많다.

커피를 내추럴 가공하기 때문일까? 아니면 농부들이 정말 잘 익은 체리와 잘 익지 않은 체리들을 마구 섞어 가공해서 결점두가 많은 것일까?

이번 하라 지역을 방문하는 까닭은 이 노란빛의 생두에 대한 궁금증 때문이다.

엘레아나에게서 온 뜻밖의 메일

에티오피아 농부들은 노란 빛의 생두를 '골든빈'이라고 부른다.

골든빈에 대해서는 여러 가지 이야기들이 있다. 누군가는 골든빈이 커피나무가 자라는 토질에서 오는 결과물이라고 주장한다. 커피나무가 잘 자랄 수 있는 토질에는 기본적인 조건이 있는데, 보통 배수가 좋고 석회질이 많은 약산성 토양, 그래서 색깔도 붉은 토양이 제일 적합하다고 알려져 있다. 그런데 골든빈은 이런 토양과는 달리 인이 많이 함유된 토양에서만 나타난다는 것이다. 그래서 골든빈이 유독 많이 나오는 지역은 흙의 색깔도 다르다고 한다. 실제로 하라 지역의 땅은 커피가 자라는 일반적인 토질과는 달리 붉은 기운이 전혀 없는 회색빛이다.

다른 누군가는 골든빈이 하라 지역에서만 발견되는 특이한 종이라고 주장한다. 하라 지역, 그것도 동하라East Harar에서만 볼 수 있는 종으로 환경에 매우 민감하게 반응하기 때문에 다른 지역에 가져다 심어도 골든빈을 얻을 수는 없다는 것이다. 그밖에도 이름만 거창할 뿐 골든빈은 덜 성숙됐거나 문제가 있는 체리에서 생기는 결점두에 불과하다고 말하는 사람도 있다.

호기심이 발동한 나는 작년에 에티오피아 커피를 들여올 때 골든빈만 모아놓은 하라 커피를 주문한 적이 있었다. 그 이름에서 느껴지는 우아함과 고급스러움에 끌려 딱 한 번만이라도 골든빈의 맛을 제대로 느껴보고 싶었던 것이다. 그런데 실제 맛을 보고 나서는 조금 실망했다. 이름에서 느껴지는 화려하고 고귀한 느낌에 비해 커피 맛이 특별나게 빼어나지 않았던 것이다. 다만 다른 에티오피아 커피에서 찾아볼 수 없는 훌륭한 바디감과 부드러운 촉감을 지니고 있었다.

그러던 어느 날 엘레아나에게서 뜻밖의 메일이 도착했다.

"얼마 전 하라에 갔다가 사람들이 골든빈이라고 부르는 나무를 봤어요. 다른 커피나무들하고 전혀 달라서 처음엔 이게 커피나무가 맞나 생각했을 정도였다니까요. 체리 안에 들어있는 커피가 정말 노랗더라고요. 골든빈을 찾은 것 같아요!"

그녀는 골든빈이 디펙트에 불과하다는 소문이 사실과 다르다는 걸 세상에 알리고 싶다며 잔뜩 흥분해 있었다. 또 나에게 빨리 골든빈을 보여주고 싶다고 했다. 반가운 소식 한편에서는 차트chat. 유럽등지에서 각성제의 원료로 쓰이는 식물 때문에 하라 지역의 커피 재배가 급격히 줄고 있다는 말이 들려오고 있었다.

더 지체할 여유가 없었다. 나는 당장 짐을 싸 에티오피아로 향했다.

동하라의 커피는 우리가 일반적으로 말하는 '모카 플레이버mocha flavor'를 지니고 있는 커피로 유난히 커피 알의
크기가 작다. 반면 서하라의 커피는 커피 알의 크기가 크고 낮은 산미에 깊은 바디감과 뛰어난 촉감을 가지고 있다

길은 험했다. 동하라로 가기 위해서는 일단 에티오피아의 수도인 아디스아바바에서 디레다와Dire Dawa까지 가야 하는데 정말 끝도 없이 도로가 이어진다. 도로 포장은 되어 있지만 우리나라 도로와는 달리 차만 다니는 길도 아니다. 수시로 소떼와 염소와 당나귀 등이 길을 건너고 사람들도 자동차 도로 한가운데로 아무렇지 않게 걸어다닌다. 이렇다보니 도로 한가운데서 가축과 사람과 자동차가 엉켜 늘 시간이 지체되기 일쑤다. 디레다와까지는 소떼와 염소떼를 피해 달리면 10시간, 조금 서두르면 8시간이나 걸린다. 그래서 한번은 참다못해 비행기를 이용했는데, 하루에 두 번밖에 운행하지 않는데다 어렵게 표를 구해도 갑자기 비행 취소를 알리는 안내방송이 나오기도 한다. 시간이 오래 걸리더라도 차를 이용하는 편이 낫다.

이렇게 장장 8시간 이상을 달려 힘들게 디레다와에 도착해도 하라 커피를 보려면 좀더 깊숙이 들어가야 한다. 우리는 동하라의 하라 와자에 도착해 민가를 빌려 짐을 풀고 바로 커피 농장으로 향했다. 하라 와자에서 커피가 많이 나는 마을은 자자Jaja, 와유Wayu, 제르제르토Jerjertu, 베레다Vereda 지역이다. 우리는 먼저 자자로 향했다.

하라 와자에서 자자까지는 약 4시간 정도가 걸린다. 그런데 문제는 길이었다. 워낙 건조하고 척박한 땅으로 악명 높은 하라 지역이지만, 하라 와자 지역의 길은 도로라기보다는 마치 바위로 연결한 다리 같은 느낌이었다. 길이 온통 바위투성이라 마치 산악자동차경주에 참가한 것처럼 울퉁불퉁한 바위 위를 덜컹거리며 오르락내리락해야만 했다. 결국 출발한 지 2시간 만에 운전수가 산 한가운데 차를 세웠다. 그는 여기서부터는 걸어가야 한다고 했다. 지금 차로 내려갈 수는 있어도 나중에 돌아올 때 이 길로는 도저히 올라오지 못한다는 것이다. 어쩔 수 없이 우리는 모두 차에서 내려 저 멀리 점처럼 보이는 마을을 향해 걷기 시작했다.

오전이라 햇살은 그리 따갑지 않았지만 매우 건조해서 우리는 금세 지쳤다. 그렇게 걷기 시작한 지 1시간 30분 만에 뭔가 푸르스름한 것이 눈에 보였다. '혹시 골든빈 나무인가?' 하고 가까이 가보니 차트였다.

차트는 생김새가 우리 녹차 나무와 비슷하다. 에티오피아 사람들은 오후 해질 무렵부터 차트를 수확해 밤에 시장에 내다판다. 차트 거래 시장이 주로 밤에 열리기 때문이다. 밤에 사들인 차트는 바로 비행기로 유럽의 여러 나라로 이송되어 시들기 전에 각성제에 필요한 성분을 추출한다.

문제는 에티오피아 사람들이 수확하는 동안에 차트를 복용한다는 것이다. 따면서 입에 넣고 질겅질겅 씹는다. 차트를 복용하면 밤에 잠이 오지 않고 수면 부족으로 인한 몽롱한 환각 증세가 나타난다. 게다가 중독성까지 있다.

이렇게 사회적으로 문제가 되고 있지만 정부조차 차트 생산과 관리를 규제하지 않는다. 차트의 가격이 너무나 좋기 때문이다. 특히 하라 지역에서 생산되는 차트는 에티오피아 내에서도 최고 품질이라고 한다. 척박하고 건조한 기후가 좋은 차트를 만들어내는 데 적합하기 때문이다. 한창 가격이 좋을 때는 1kg에 80달러에 달했다고 한다. 시장 가격이 좋아야 4달러인 커피에 비하면 일이 한결 수월하고 값도 몇 배에 이른다. 그래서 커피 대신 차트를 심는 사람들이 점점 늘고 있다고 한다. 더욱 심각한 것은 최근 몇 년 사이 그간 하라 지역에서만 재배되던 차트가 이제는 예가체페와 시다모 그리고 심지어 아디스아바바 주변에도 대규모로 재배되고 있다는 사실이다. 정말 심각한 일이 아닐 수 없다.

그리고 골든빈을 보았다

커피 대신 차트가 재배되고 있는 우울한 광경을 보면서 2시간 가량을 더 터 벅터벅 걸어내려가자 드디어 커피나무들이 보이기 시작했다. 그런데 '어라?' 색다른 광경이 눈에 들어온다. 커피나무들이 커다란 나무의 그늘 아래에 옹기종기 모여 있는 것이다. 마치 부모의 그늘 아래 모여 있는 자식들처럼 큰 나무 아래 커피나무들이 옹기종기 모여 있었다. 나중에 농부를 만나 들어보니 하라 지역이 워낙 건조해서 커다란 나무가 없으면 따가운 햇볕과 건조한 날씨를 이기지 못하고 커피나무가 죽어버린다고 한다. 또 그늘 역할을 하는 나무가 물을 저장해두고 커피나무에 조금씩 수분을 공급한다고 했다.

나무의 생김새 역시 매우 달랐다. 하라 지역의 커피나무는 키가 굉장히 컸다. 앙상하게 위로 쭉 뻗어올라가는 형태로 키가 3미터 가까이나 됐다. 게다가 나무의 잎사귀가 모두 노란색이었다. 멀리서 보면 말라서 색이 바랬나 싶을 정도로 노란빛을 띠고 있었다. 또 잎맥이 훤히 들여다보이는 구조로 되어 있어서 마치 투명한 나뭇잎을 보고 있는 듯한 착각이 들 정도였다. 잎사귀 테두리도 심하게 굴곡이 져 있고 새순도 모두 노랬다.

골든빈은 디펙트가 아니라 동하라에서 자연 발생한 종이었던 것이다. 잎사귀 색깔이 유독 노래서 마치 커피나무들이 병든 것처럼 보이기도 했지만, 나무들은 많은 체리들을 맺고 있었다. 체리를 까보자 노란색을 띤 생두가 나왔다.

골든빈은 하라 지역에서만, 그것도 동하라 지역에서만 생산되고 있었다. 골든빈 나무를 다른 지역에 심으면 같은 결과를 얻을 수 없다고 한다. 우리와 함께 간 에티오피아 농림학자의 말에 따르면 이미 여러 차례 시도해봤으나 골든빈은 나오지 않았다고 했다. 골든빈은 토질의 영향도 크게 받는 것이다.

소문으로만 듣던 골든빈 나무를 직접 보고 커피 체리의 맛까지 보니 피로가 씻은 듯 사라졌다. 소문은 무성하지만 골든빈의 진실을 알고 있는 사

람은 많지 않다. 나는 그 진실을 확인한 몇 안 되는 사람 가운데 한 명이었다. 그렇게 생각하니 갑자기 가슴이 뭉클해졌다. 힘든 여정을 거쳐 직접 사실을 확인했다는 가슴 벅찬 감동 때문이기도 했고, 커피나무보다 더 많이 심겨 있는 차트들을 보니 어쩌면 하라 커피와 골든빈 나무를 만날 수 있는 시간이 그리 길지 않을지도 모른다는 불안과 걱정 때문이기도 했다.

그러나 하라의 척박한 환경 속에서 차트의 유혹을 끊임없이 이겨내고 있는 골든빈은 나의 우려만큼 쉽게 사라지지는 않을 듯하다. 나처럼 진실을 알기 위해서 혹은 하라 커피의 매력에 빠져 점점 더 많은 이들이 골든빈에 대해 관심을 보이고 있기 때문이다.

에티오피아 커피,
포기할 수 없는 특별함

에티오피아 커피가 특별한 것은 뭐니 뭐니 해도 다른 커피에서는 찾을 수 없는 독특한 맛과 향 때문일 것이다. 에티오피아 커피에는 단순히 '좋은 커피'나 '맛있는 커피'라고 평가하기에는 부족한 '특별함'이 있다. 그래서 에티오피아 커피는 다른 커피로 대체하기가 어렵다. 어려운 정도가 아니라 불가능하다. 아무리 질 좋은 다른 나라의 커피를 가져다 써도 에티오피아 커피만큼의 독특한 풍미는 발현되지 않기 때문이다.

이런 특별함은 어디서 오는 것일까? 많은 이유가 있겠지만, 가장 중요한 요인은 에티오피아만이 가지고 있는 독특한 자연환경이 아닌가 싶다. 에티오피아의 자연환경이 남다르다는 것은 수도인 아디스아바바를 비행기에서 내려다볼 때부터 느낄 수 있다. 끝없이 펼쳐진 고원들과 그 사이사이를 메우고 있는 계곡과 산 들이 눈앞에 장관을 만든다.

수도인 아디스아바바는 해발 약 2,400m로, 고산지대에 위치한 도시여서 도착하자마자 심장이 약한 사람은 약간의 답답함을 느낄 정도다. 커피가 자라는 곳의 대부분이 아디스아바바처럼 1,700~3,000m 정도의 높은 해발고도를 가지고 있다. 그래서 아디스아바바를 처음 방문하는 사람들은 아프리카답지 않은 선선한 날씨에 놀라기도 한다. 고산지대는 아침과 저녁은 서늘하고, 한낮에는 기온이 30도를 웃돌지만 습하지 않은 고산기후가 나타난다. 이것이 커피 재배에 필요한 기후 조건과 완벽히 맞아 떨어져 좋은 커피가 자라게 되는 것이다.

더욱이 에티오피아는 토양도 남다르다. 일반적으로 다른 산지들의 경우 한 나라 안에서는 대부분 토질이 비슷한데 반해 에티오피아는 지역마다 토양이 다르다. 흑토black soil, 적토red soil, 회색토whitish, soil 세 가지의 종류의 토양이 있다. 흑토는 이름에서 느껴지듯 토양 빛이 검다. 화산재로 이루어진 이 토양은 미네랄 함량이 높은 것이 특징이다. 시다모 지역을 비롯해서 에티오피아 남쪽 지역의 토양은 대부분 붉은 토양인 적토다. 그리고 회색빛 토양은 석회질 성분이 많은 것이 특징으로 하라 지역에서 발견된다.

이렇게 한 나라 안에서도 다양한 토양이 존재하다보니 같은 종이라 해도 어느 지역에서 재배되었는지에 따라 전혀 다른 풍미를 지니게 되는 것이다. 이런 다양한 토질을 바탕으로 남다른 자연환경과 기후가 합쳐져서 에티오피아 커피를 특별하게 만드는 요인이 되는 것이다.

또 에티오피아 커피는 다양한 방식으로 재배된다. 에티오피아를 제외한 다른 산지들은 플랜테이션plantation 방식으로 커피를 생산한다. 즉, 커피 씨앗을 심고 모종이 크면 이를 농장에 옮겨 심는 방식으로 커피를 재배한다. 그러나 에티오피아는 이와는 다른 다양한 생산 방식이 있는데 크게 네 가지로 분류된다.

먼저 가장 대표적인 방식으로 가든 커피garden coffee가 있다. 말 그대로 정원처럼 집 주변에 심어 경작하는 커피다. 밭을 따로 만들기도 하고 집 주변에 울타리를 치듯이 커피나무를 심기도 한다. 1헥타르당 1,000그루에서 1,800그루 정도의 커피를 심는데 나무와 나무 사이의 간격을 넓게 하고 그 사이사이에 바나나나 아보카도 같은 과일나무와 채소 등을 심기도 한다. 이런 식으로 경작해서 커피는 내다 팔고 나머지는 식량으로 사용한다. 시다모 지방을 비롯한 게데오Gedeo, 남북 오모 지역South and North Omo, 하라게Hararghe,

시다모 지역의 적토, 하라 지역의 회색토, 예가체페 지역의 흑토 (사진 위부터)

월레가Wollega, 동서 구라게Gurage Zones 등 에티오피아 남쪽과 동쪽 지역에서 주로 이용하는 방식이다. 가든 커피는 에티오피아의 전체 커피 생산량의 59%를 차지하고 있는 생산 방식으로 비중이 가장 높다.

　두번째로는 포레스트 커피가 있다. 우리말로 하면 숲 속 커피라 할 수 있는데, 말 그대로 숲 속에서 자라는 야생 커피다. 바로 양치기 소년 칼디가 발견한 최초의 커피이자 아라비카 커피의 시작이기도 하다. 이 커피는 정부로부터 채집허가권을 받은 사람이라면 누구나 채집할 수 있다. 에티오피아의 남서쪽에 위치한 지역에서 주로 생산하는 방식으로 대표적인 지역은 발레Bale, 서월레가West Wollega, 짐마Djimmah 등이 있다. 이런 독특한 생산 방식 때

가든 커피 (위) 세미 포레스트 (아래)

문에 발레나 짐마 지역의 커피는 커핑을 할 때마다 '이 커피가 정말 에티오피아 커피가 맞나' 하는 생각이 들 정도로 독특한 특징을 보여준다.

세번째로는 세미 포레스트 커피semi-forest coffee가 있다. 이 커피는 가든 커피와 포레스트 커피의 중간 정도의 생산 방식으로 숲 속에서 채집하지만 주인이 있는 커피이다. 에티오피아 전체 생산량의 35%를 차지한다.

마지막으로 플랜테이션 커피plantation coffee가 있다. 이것은 말 그대로 씨앗부터 수확까지 일일이 사람 손에 의해 생산하는 방식으로, 에티오피아에서는 본격적인 수확을 위한 방법이라기보다는 새로운 종자의 연구나 농법 개발 등을 위한 연구를 목적으로 사용하고 있다. 그래서 대부분의 플랜테이션은 국영농장이 많다. 전체 생산량의 5%를 차지하고 있다.

포레스트 커피 (위) 플랜테이션 커피 (아래)

이처럼 다양한 생산 방식에 워시드와 내추럴 등의 다양한 가공 방식까지 합쳐져서 그야말로 온갖 종류의 커피들이 만들어지는 것이다. 게다가 에티오피아에 정확히 몇 종류의 커피가 있는지 아는 사람이 아무도 없다는 얘기가 있을 정도로 에티오피아에서 자라고 있는 커피 종은 무수히 많다.

에티오피아 커피의 시작은 포레스트 커피이고, 이 포레스트 커피들은 자연적인 교배를 통해 새로운 종을 만들어낸다. 아라비카종은 매개체가 없어도 열매를 맺을 수 있는 자가수분을 하기 때문에 변종도 쉽게 만들어지는 것이다. 그래서 숲 속에 들어가 아주 작은 구역을 나눈 다음, 구별이 가능한 커피나무의 수만 헤아려봐도 그 수가 엄청나다. 언뜻 보기에는 그 나무가 그 나무인 것 같지만, 농림학자의 설명을 들어보면 모두 다른 나무라고 한다. 자세히 살펴보면 잎사귀 모양이 다르고 나무 기둥이나 가지를 뻗는 방식도 다르다. 또 열매의 크기와 색깔, 그리고 열매가 열리는 시기도 종에 따라 조금씩 차이가 있다고 한다.

이렇게 다양한 포레스트 커피들은 씨앗용으로 사용되는 경우도 많다. 숲 속에서 여러 나무들과 섞여 자랐기 때문에 강한 생명력을 지니고 있어 재배용으로 적합한 것이다. 실제로 농부들에게 씨앗을 어디서 구했냐고 물어보면 산에서 자라는 커피 열매를 따왔다고 말하는 경우도 꽤 있었고, 다른 집에 열린 커피 열매를 가져다 심었다는 농부들도 있었다. 이렇게 숲 속에서 자라난 원종原種과 변종變種 그리고 다른 곳으로 옮겨 심으면서 생긴 또 다른 새로운 종까지 에티오피아에는 실로 다양한 커피의 종이 있다. 그래서 정확한 통계는 없지만 커피업계에 종사하고 있는 사람들 대부분이 에티오피아를 커피 종의 근원지이자 동시에 가장 많은 커피 종이 자생하는 나라라는 데 동의하고 있다.

한때 커피 시장을 뜨겁게 달구었던 파나마 게이샤도 알고 보면 그 시작은 에티오피아 커피다. 잠시 시간을 거슬러 올라가보면, 1931년 케냐 정부는 에티오피아 정부에 씨앗용 커피를 요청한다. 이에 에티오피아 정부는 카파 지역과 아비시니아 고원에서 두 개의 커피 샘플을 보냈지만 모두 재배에 실패한다. 기후와 토질이 달랐기 때문이었다. 이후 이 커피들은 케냐 정부에 커피 씨앗을 요청했던 탄자니아로 넘어가게 되고, 다시 1953년에 탄자니아에 커피 씨앗을 요청한 코스타리카로 가게 된다. 물론 탄자니아도 게이샤 재배에는 성공하지 못했다. 이렇게 코스타리카로 넘어간 씨앗이 파나마까지 옮겨져 오늘날의 파나마 게이샤 커피가 된 것이다. 커피 씨앗이 파나마로 이동된 것이 정확히 언제인지 아는 사람은 없다. 또 이렇게 오랜 시간 몇 나라를 거쳐 파나마로 건너간 커피가 세상을 발칵 뒤집을 정도의 유명한 커피가 될 줄은 아무도 몰랐을 것이다.

파나마 게이샤가 커피 시장의 큰 이슈가 되자 저마다 이 커피가 도대체 어디서 온 것일까 추적을 시작했고, 그 결과 코스타리카의 버려진 농장 한

귀퉁이에서 게이샤종을 발견하게 되었다. 그리고 이것을 다시 역으로 추적한 끝에 결국 파나마 게이샤가 에티오피아에서 시작되었다는 사실이 밝혀지게 된 것이다. 세상에 이런 사실이 알려지면서 에티오피아 커피에 대한 관심도 커졌음은 당연하다.

에티오피아 커피의 종류

에티오피아 커피는 생산지에 따라 그 이름이 결정된다. 우리나라에 가장 잘 알려진 시다모와 예가체페도 커피가 생산되고 있는 지역의 이름을 딴 것이다. 지역에 따라 에티오피아 커피는 8종류로 나뉜다. 짐마, 리무Limu, 베베카/테피Bebeka/Tepi, 월레가/김비/레켐티Wollega/Gimbi/Lekempti, 예가체페, 시다모, 하라, 발레. 이 8가지 모두가 에티오피아 커피 이름이자 이 커피들이 생산되고 있는 지역의 이름이다. 물론 생산지나 생산 방법, 가공 방법에 따라 그 맛과 향이 매우 다르다. 우리나라에는 시다모와 예가체페, 하라 이렇게 세 종류의 커피만이 주로 들어오고 있어 마치 이것이 에티오피아 커피의 전부인 것으로 알고 있는 사람이 많지만 사실은 그렇지 않다. 에티오피아에서 생산되는 8가지 커피들을 소개해본다.

짐마는 내추럴로 가공되며, 에티오피아에서 수출되는 대표적인 커머셜 커피로 전체 수출량의 50%를 차지한다. 강한 산미와 묵직한 바디를 가지고 있어 에스프레소 블렌딩용으로 많이 쓰인다. 포레스트 커피가 대부분이며, 가공 방식도 내추럴을 이용하다보니 값이 싸고 저렴해서 주로 커머셜 커피로 팔려나갔다. 그러나 최근 워시드 커피를 만들어보자는 스페셜티 프로젝트가 진행되면서 짐마 커피에 대한 관심이 높아지고 있다.

리무는 행정구역상 짐마에 속해 있는 작은 지역이어서 그런지 많은 사람들에게 에티오피아 커피 산지로 잘 알려져 있지는 않다. 그러나 이 커피는 짐마 커피와는 완전히 다른 특징을 가지고 있는데, 향신료 같으면서 잘 성숙된 와인의 뒷맛이 느껴지는 풍미가 특징이다. 워시드로 가공한다.

베베카와 테피 커피는 주로 카파 지역에서 나는 커피들이다. 다른 지역에 비해 해발 고도가 낮다보니 강한 산미 대신 부드러운 산미와 바디감이 느껴진다. 특징이 강하지 않기 때문에 베이스로 적합해서 많은 양의 커피를 제조하는 회사들이 주로 에스프레소 블렌드용으로 많이 사용한다고 한다. 에티오피아의 서쪽 지역인 월레가, 김비, 레켐티 지역은 단맛이 좋은 커피를 생산해내는 것으로 유명한데, 특이한 점은 이 지역에서 생산되는 커피들이 에티오피아 커피 중에 크기가 가장 크다는 것이다.

우리나라 커피 애호가들의 사랑을 가장 많이 받고 있는 예가체페는 에티오피아 남쪽 지역인 시다모 지역의 게디오^{Gedio}에 위치한 곳이다. 평균 해발 고도가 2,000~2,500m 정도 되는 고산지대에 자라는 예가체페는, 재스민 향과 같은 다채로운 꽃향기와 묵직하면서도 정제된 산미 그리고 좋은 촉감으로 유명하다. 전 세계 커피인들에게 에티오피아 최고의 커피로 찬사를 받는 커피이기도 하다. 특히 이 지역은 물이 풍부하기 때문에 모든 커피가 워시드로 가공된다.

워시드와 내추럴 두 가지 가공 방식이 모두 사용되는 시다모 커피는 레몬과 같은 밝은 산미와 오렌지류의 향미를 풍긴다. 내추럴 방식으로 잘 가공된 시다모에서는 강한 단맛에 깊은 바디 그리고 강한 산미가 느껴지는 좋은 커피를 얻을 수 있다. 커피 크기가 유독 작으며, 생김새도 둥근 편이다.

에티오피아 동쪽 고산지대에서 생산되는 하라는 해발 1,800~2,700m 사이에서 자라는 커피로 100% 내추럴로 가공된다. 하라 지역 어디에서 자랐는지에 따라 생두의 색이 조금씩 차이가 나기도 하는데 푸른빛이 도는 생두에서부터 노르스름한 생두까지 그 색이 다채로운 것이 특징이다. 레드와인의 풍미가 느껴지며 입안에 군침이 돌게 하는 과일의 산미를 가지고 있는 것이 특징이다.

100% 포레스트 커피인 발레 커피는 에티오피아 내에서 가장 높은 해발 3,000m 지역에서 자라는 커피다. 발레산 정상에서는 아침, 저녁으로 얼음이 어는 것을 볼 수 있는데 그만큼 일교차가 큰 지역이다. 이 지역에서는 모든 커피가 야생에서 자란다. 그래서인지 커피에서 유독 다크 초콜릿의 풍미와 꽃향기 등이 강하게 느껴진다.

ECX 시스템과 에티오피아 커피의 미래

다양한 지역에서 다양한 종들의 커피가 생산되다보니 바이어 입장에서는 선택의 폭이 넓은 게 에티오피아 커피다. 그러나 2008년부터 시작된 에티오피아 정부의 커피 거래 방식은 스페셜티 바이어들에게 많은 원성을 사고 있다. 그것은 다름 아닌 '에티오피아 선물거래소ECX' 시스템으로, 에티오피아 정부는 2008년 4월부터 주요 농산물들, 커피를 비롯해 깨, 콩, 밀, 옥수수 등을 ECX를 통해서만 거래하도록 했다. 커피를 예로 들자면, 체리든 파치먼트든 농부들은 허가받은 국내 도매상에게만 커피를 팔 수 있고, 국내 도매상인들은 ECX를 통해 허가받은 수출업자에게만 옥션을 통해 사들인 커피를 팔 수 있다.

정확한 거래를 위해서라는 게 에티오피아 정부의 설명이지만, 사실 이 시스템은 스페셜티 바이어들에게는 시대를 역행하는 제도로 느껴질 뿐이다. 스페셜티 시장에서는 커피 품질만큼이나 품질의 일관성과 생산의 투명성이 중요한데, 아무리 좋은 커피라 하더라도 맛의 기복이 심하고 여러 종류의 커피가 뒤섞여 있는 것은 품질의 균질성을 유지하기 어렵다.

커피도 와인만큼이나 재배 환경이 품질에 결정적 영향을 미치는 작물이다보니 어느 농장에서 어떻게 재배되었는지가 중요하다. 그런데 에티오피아 정부는 이것을 무시하고 모든 커피를 다 섞어 팔기 시작한 것이다. 커피를 섞는 기준도 행정구역상 가까운 지역끼리 묶다보니 품질에 상관없이 마구 섞여 거래되었다.

예를 들어 시다모 커피는 시다모 A, 시다모 B, 시다모 C 이렇게 세 종류의 커피로 나뉘었다. 시다모 지역이 너무 넓다보니 커피의 양도 많고 지역에 따라 맛과 향도 차이가 많이 나서 이것을 행정구역에 따라 세 지역으로 나눈 것이다. 그런데 이렇게 하면 제품의 일관성에 문제가 생긴다. 똑같은 시다모 A 커피를 산다고 해도 어느 날은 보레나Borena 커피를, 어느 날은 베사Bessa 커피를 사게 되는 것이다. 그러니 맛이 일정할 리가 없고, 스페셜티 바이어들에게 강한 불만이 될 수밖에 없다. 또 언뜻 보면 지역을 세분화한 듯 보이지만, 시다모 A의 보레나, 구지Guji 지역 등은 사실 커피 재배 농가가 한두 집이 아니고 그 생산량도 굉장히 많다. 그래서 이 두 지역만 보더라도 몇 개 농가의 커피가 섞여 있는지 짐작조차 어려울 정도이다.

더군다나 이런 시스템하에서는 커피 품질도 당연히 떨어질 수밖에 없다. 품질에 상관없이 모든 커피가 뒤섞여 거래되다보니 농부들은 굳이 힘들게 일하지 않는다. 본인의 커피 품질에 대한 적절한 보상이 이루어지지 않기 때문에 중간 정도만 유지하면 된다고 생각하는 것이다.

물론 에티오피아 정부의 입장에서는 커피가 드나드는 양을 정확히 파악해 수출을 통제하고 정확하게 세금을 부과하는 데 이만한 시스템이 없을 것이다. 그러나 ECX 시스템이 시작되면서 바이어들의 원성이 높아졌고 나 역시도 마찬가지였다. 좋은 커피를 사고 싶어 멀리 에티오피아까지 왔는데 좋은 농장을 발견했다 하더라도 그 농장의 커피가 언제 거래되는지 모르기 때문에 살 수가 없고, 혹 거래날짜를 알 수 있다 하더라도 그 커피가 나와 거래하는 수출업자에게 팔릴 확률은 너무도 낮다. 한마디로 무작정 운에 맡겨야하는 것이다.

그뿐만 아니다. ECX에서는 경매 전 모든 커피를 ECX에서 지정한 장소로 모으는데, 이 저장소가 턱없이 부족하고 운반과 보관을 위한 기본 시설이 안 되어 있다보니 비라도 내리면 커피는 트럭 위에서 그대로 비를 맞아야하는 사태가 발생한다. 처음 ECX의 저장고를 찾아갔던 날 나는 비에 잔뜩 젖은 커피를 땅바닥에서 다시 말리는 광경을 보고 눈을 질끈 감아버렸다. 기껏 좋은 커피 만들겠다고 정성스레 드라이 테이블에서 말린 커피를 허무하게 땅바닥에서 다시 말리는 것을 보니 너무 속상했던 것이다.

결국 보다못한 바이어들이 강하게 항의하기에 이르렀고, 이에 에티오피아 정부는 영농조합의 커피에 한해서만은 직거래를 할 수 있도록 허용하고, 거래 전 커핑을 해서 스페셜티 등급 커피는 따로 옥션을 진행하도록 했다. 이렇게 영농조합을 통해 부분적으로나마 원하는 커피를 살 수 있는 통

트럭에 실려 있는 에티오피아 커피들. ECX에서는 경매 전 모든 커피를 한 장소에 모은다

로가 열린 것은 다행이다. 그러나 여전히 문제는 남아 있다. 스페셜티와 커머셜로 나누어 커피를 거래하기 시작한 것은 다행스러운 일이지만, 이것은 커퍼들의 실력이 믿을 만한 수준인 경우라야 의미가 있다. 그런데 현지 커퍼들과 커핑을 해보면 바이어가 원하는 품질과 현지인들이 생각하는 품질이 다른 경우가 많다. 또 품질을 떠나 커피를 소비하는 나라마다 선호하는 특성들이 있기 때문에 현지 커퍼들이 고품질이라고 생각해도 이 커피들이 실제로 바이어들을 만족시킬 가능성은 50%도 채 되지 않는다. 이것이 스페셜티 바이어들에게는 가장 큰 문제이자 해결해야 할 숙제다. 사정이 이렇다보니 에티오피아는 최근에 스페셜티 바이어들에게 좋은 커피를 구하기 가장 힘든 나라로 꼽히고 있다.

ECX의 커피 거래 모습

산지를 다니면서 가장 힘들다고 느끼는 게 이런 불합리한 제도적 장치들이다. 좋은 커피를 구하고 싶어서 멀리까지 왔는데, 이런 제도들 때문에 커피를 살 수 없거나 아무리 노력해도 내 힘으로는 어쩔 수 없는 상황이 생길 때마다 그야말로 기운이 쫙 빠진다. 그러나 포기할 수는 없다. 이가 없으면 잇몸으로 먹는다고 했던가? 에티오피아 커피를 포기할 수 없다면 좋은 커피를 구할 방법을 찾는 수밖에. 에티오피아 커피는 그 모든 수고를 감수하게 할 만큼 특별하지 않은가? 그래서 우리 모두 이 나라의 커피에 매달린다. 넘어야 할 장벽도, 해결해야 할 일들도 많지만, 그 모든 어려움은 애타게 찾고 있던 특별한 커피가 내 손에 들어오는 순간 다 잊힌다. 그렇기 때문에 올해도 내년에도 그리고 내후년에도 나는 에티오피아를 찾아갈 것이다.

RWANDA

아프리카는 대륙 전체에서 커피를 재배한다고 해도 과언이 아닐 정도로 많은 양의 커피가 생산되는 곳이다. 현재 약 20개 나라에서 커피를 생산하는데 에티오피아를 비롯해 케냐, 탄자니아 등 주로 동쪽에 위치한 나라들은 아라비카를, 콩고, 가나, 카메룬 등 서쪽에 위치한 나라들은 로부스타를 재배한다. 그래서 대개 동아프리카 커피들이 서아프리카 커피에 비해 품질이 우수하다는 평을 듣는다. 특히 최근 들어 동아프리카의 몇몇 나라의 커피가 새롭게 주목받고 있는데, '아프리카 커피의 떠오르는 별'이라 불리는 르완다도 그중 한 나라다.

열정적인 커피 러버,
장 마리

내가 르완다 커피에 관심을 가지게 된 것은 2010년 르완다 COE 대회에서 4위에 오른 마헴베Mahembe 조합의 커피를 맛보고 나서였다. 당시 우리 회사는 파운드당 10.65달러를 주고 마헴베의 커피를 낙찰받았는데 그 맛이 정말 환상적이었다. 바닐라, 꿀, 오렌지 등 누구라도 느낄 수 있을 만큼 강한 풍미에 단맛이 매우 좋아서 입안에서 느껴지는 촉감도 크림처럼 부드러웠다.

대체 어떤 곳에서 이렇게 아름다운 커피가 나는 것일까? 커피 맛에 푹 빠진 나는 당장이라도 르완다에 가보고 싶어졌다. 그러나 길은 쉽게 열리지 않았다. 그때는 르완다에 대해 아는 것이 전혀 없었고, 무엇보다 민족 갈등으로 인한 오랜 내전과 암울한 대량학살의 역사가 내 발목을 잡고 있었다. 그러던 중 2010년 동아프리카 고급커피연합에서 주최하는 전시회에 갔다가 르완다의 SPREAD 프로젝트에 대해 알게 되었다. 그리고 프로젝트의 매니저로 일하는 장 마리를 만났다.

SPREAD 프로젝트는 내전과 대량학살로 무너진 르완다의 농업을 되살리기 위한 특별 프로젝트로 2006년에 시작되었다. SPREAD 프로젝트 이전에 르완다는 2000년부터 6년간 PEARL 프로젝트를 진행했다. 이를 통

해서 스페셜티 커피 생산지로 이름을 알린 후, SPREAD 프로젝트를 통해 아프리카에서는 처음으로 COE를 개최하게 된다. 두 프로젝트를 통해 르완다의 커피는 그야말로 획기적으로 변하게 된다.

SPREAD 프로젝트의 매니저인 장 마리는 몸집이 크고 아주 인상 좋은 젊은이였다. 그는 르완다 커피의 품질을 높이기 위한 토질 분석과 관련된 일을 했는데 자신의 일에 대한 자부심과 열정이 정말 대단했다.

"저기 르완다 흙 색깔 보이세요? 엄청 붉지요? 저게 다 영양분 때문이에요. 사람들이 커피를 잘 키우려면 어떻게 해야 하나 많이 고민하는데 정답은 간단해요. 토질을 잘 관리해주면 돼요. 그래서 요즘 우리 프로젝트에서는 지렁이 키우기를 하고 있어요."

그는 지렁이를 직접 보여주겠다며 손으로 비료를 퍼서 내 눈앞에 들이댔다. 정말 수많은 지렁이들이 발효된 체리 껍질 사이에서 힘차게 꾸물거리고 있었다. 주변에 널려 있는 체리 껍질과 소똥 그리고 라임을 따서 한군데에 묻고 그곳에 지렁이를 놓아두면 지렁이들은 영양분이 가득한 유기 비료를 만든다는 것이다. 그리고 그 비료를 뿌려주면 땅이 비옥해진다는 얘기였다. 장 마리는 이 비료 덕에 르완다 커피 농가의 토질이 한층 더 비옥해지고 좋은 커피를 기를 수 있게 됐다며 꽤나 자랑스러워했다.

또 언젠가는 포테이토 테이스트에 대한 항간의 소문은 오해라며 열변을 토하기도 했다.

"얼마 전에 밝혀졌는데요. 포테이토 테이스트는 르완다 농부들의 잘못이 아니고 르완다와 콩고 지역에서만 기생하는 바이러스 때문이래요. 체리에 상처가 생기면 대기 중에 있는 바이러스가 그 안으로 들어가는 거예요. 그래서 커피 맛을 해치고 포테이토를 만드는 거죠."

이렇게 만나서 헤어질 때까지 장 마리는 본인이 알고 있는 커피 지식과 르완다 커피의 우수성에 대해 목에 핏대를 세워가며 설명하곤 했다. 장 마리뿐만이 아니었다. 그간 수많은 커피 산지를 다녔지만, 나는 르완다 조합장들만큼 열정적인 사람들을 만난 적이 없다. 나는 규모로 보면 보잘것없는 소규모 바이어에 불과한데도 그들은 정말 최선을 다해 르완다 커피에 대해 알리려고 했다. 커피 자랑에 시간 가는 줄 모르는 조합장들 때문에 일정을 늘려서 이틀씩이나 그들과 만나야 할 정도였다. 나는 그들과의 만남을 통해 새삼 르완다 커피가 주목받는 이유를 알 수 있었다.

조합장들과의 만남 후에 나는 장 마리에게 부탁해 마헴베를 방문하기로 했다. 그곳의 커피가 워낙 훌륭했기 때문에 르완다에 오기 전부터 꼭 한번 가보고 싶다고 생각해오던 참이었다.

대부분의 르완다 커피 재배지는 워싱 스테이션이 중심이 된다. 그래서 커피 이름도 워싱 스테이션의 이름을 따서 붙이는 경우가 많은데 마헴베 역시 르완다의 서남쪽에 위치한 지역 이름이었다. 우리는 마헴베로 가는 도중 호숫가에 삼삼오오 모여 있는 사람들의 모습을 보게 되었다. 자세히 보니 주민들이 따온 바나나 등 열대과일을 배에 싣고 다른 곳으로 팔러 가는 것 같았다. 이곳의 호수는 커피 농사를 짓는 사람들에게도, 마을 사람들에게도 중요한 역할을 하고 있는 것 같았다.

2010 르완다 COE 대회 4위 마헴베 워싱 스테이션

2010 르완다 COE 대회 4위
마헴베 커피를 만나다

마헴베로 가는 길은 험했다. 도로 상태도 상태려니와 군데군데 도로가 뚝 끊긴 곳도 많았다. 도로포장이 잘 안 되어 있다보니 큰비라도 오면 영락없이 길이 없어져버리는 것이다. 그 때문에 장 마리가 몇 번이나 차에서 내려 주변의 통나무로 차가 지나갈 수 있게 임시로 다리를 만들어야 했다. 이정표 역시 틀린 것 투성이라 차라리 지나가는 사람들에게 길을 묻는 편이 나을 정도였다. 우리는 끊긴 길을 나무로 잇고, 지나가는 사람들에게 길을 물어가면서 5시간을 쉼 없이 달렸다.

르완다의 고급 커피들이 워시드로 가공되다보니 워싱 스테이션은 주로 큰 호수를 주변에 끼고 있다. 마헴베도 남서쪽으로 키부Kivu 호수가 넓게 자리 잡고 있었다. 워싱 스테이션은 예상 외로 조합이 아니라 저스틴이라는 젊고 건장한 청년의 소유였다. 그는 아무런 예고도 없이 들이닥친 우리를 보고 적잖이 당황하는 눈치였다. 그도 그럴 것이 한 번도 그의 워싱 스테이션에 외국 손님이 온 적이 없단다. 우리가 최초의 외국인 방문객이었던 것이다.

워싱 스테이션은 햇볕을 잘 받는 산자락에 있었다. 한눈에 보기에도 그의 워싱 스테이션은 커피를 건조하는 데 대단히 유리한 조건을 가지고 있었

다. 그리 가파르지 않은 산자락에 드라이 테이블이 보기 좋게 펼쳐져 있고 그곳에서 커피들은 잘 말라가고 있었다. 저스틴의 커피와 400명 정도 되는 주변 농부들의 커피가 이곳으로 모인다고 했다.

그를 따라 창고에 가보니 기계로 커피의 과육을 제거하고 있었다. 르완다에서는 처음 본 신식 기계였다.

"이건 정부에서 받은 거예요. 작년 COE에 입상했을 때요."

"아! 그 커피는 나도 맛봤는데 정말이지 환상적이었어요. 그렇게 좋은 커피를 만드는 비결이 대체 뭔가요?"

"비결요? 별로 특별한 방법은 없는데……."

저스틴은 꽤나 부끄러워하며 말했다.

"조금 다른 게 있다면, 농부들이 체리를 가져올 때마다 익은 것과 익지 않은 것을 구분해 분리시켰죠. 다른 건 남들하고 다 똑같아요. 아, 말릴 때 커피가 햇볕에 데지 않도록 조심하는 것도 있어요. 물기가 있을 때는 그늘에서 말리고 물기가 다 마르면 햇볕에다가 내놔요. 물기 있는 파치먼트를 햇볕에 직접 노출시키면, 빨리 마르긴 하지만 수증기가 날아가면서 커피의 맛과 향까지 같이 날아가는 것 같아서요. 그런데 이 방법은 남들도 다 하고 있는 건데…….”

저스틴은 누구나 다 하는 방법이라고 겸손하게 말했지만, 사실 알고 있어도 누구나 다 실행하는 방법은 아니다. 우리가 아는 것을 다 실천하기가 어려운 것처럼 농사도 마찬가지인 것이다. 그런 면에서 저스틴은 다른 사람들에 비해 실천력이 강한 농부였던 것이다.

르완다 커피의 주종은 부르봉이다. 부르봉은 커피 가계도에 있어 성골과 같은 존재다. 처음 발견되었다는 아라비카의 원종이 ‘티피카’종인데, 이 티피카종의 직계 자손이 바로 부르봉이기 때문이다. 부르봉은 원종에 가까워서 그런지 향도 강하고 단맛도 풍부해서 많은 이들이 선호한다. 반면 생산량도 적고 병충해에도 약해 관리가 상당히 까다롭다. 그러다보니 신경을 조금만 덜 쓰면 금방 해충 피해를 입는다. 그래서 체리의 선별과정이 중요한데 저스틴은 잘 익은 체리를 선별하는 작업을 애초에 농부들에게 커피를 사들일 때부터 하고 있었다. 그러니 당연히 커피가 좋을 수밖에.

장 마리와 저스틴, 커피 조합장들까지 르완다에서 만난 사람들은 모두 한결같이 열정으로 똘똘 뭉친 커피 러버들이었다. 그들의 슬픈 역사가 이들에게 이런 열정을 갖게 했는지는 모르겠지만 르완다를 방문하고 나서 나는 새로운 ‘시작의 에너지’를 느꼈다. 단순히 좋은 커피를 길러서 비싼 가격에 팔려는 것이 아니라 마음속에서 끓어오르는 열정에서 비롯된 에너지처럼 느껴졌다.

어떤 일이든 세상의 모든 일은 결국 사람이 답이 아니던가? 르완다에서 나는 커피를 보았고, 사람을 보았고, 그리고 그들의 미래를 보았다.

PEARL 프로젝트와 SPREAD 프로젝트

국제커피기구의 자료에 따르면, 1990년부터 1993년까지 르완다의 평균 커피 생산량은 약 500,000백에 이르지만, 1994년은 그 생산량이 22,000백으로 뚝 떨어진다. 바로 르완다의 발전을 30년 이상 퇴보시켰다는 '르완다 대학살' 때문이다.

벨기에의 지배를 받다가 1961년 독립한 르완다는 후투족과 투치족 그리고 소수의 트와족 등 민족 구성이 복잡하다. 이 때문에 1959년부터 민족갈등이 시작됐다. 그러다 1994년 4월 정권을 잡은 후투족 대통령이 비행기 사고로 암살되는 사건이 일어나고, 이에 대한 보복으로 후투족은 투치족을 상대로 마구잡이식 학살을 자행한다. 이 끔찍한 사건으로 3개월간 약 80만 명의 투치족과 온건 후투족이 무작위로 살해당했다고 한다.

다행히 그해 7월 투치족이 정권을 잡게 되면서 학살은 끝나지만, 투치족의 보복을 두려워한 후투족들이 우간다를 비롯해 부룬디, 콩고 등 인접 국가로 떠나며 약 200만 명의 인구가 동시에 빠져나가게 된다. 이는 엄청난 국가적 손실을 가져왔는데, 가장 먼저 피해가 나타난 것이 주요 수출품인 커피 생산의 급격한 감소였고, 이후 르완다는 끝없는 빈곤에 시달리게 된다.

상황이 이렇게 되자 세계 여러 나라들이 르완다의 존립 자체를 걱정하기 시작한다. 그래서 2000년 미국 국무부 산하 국제개발처USAID의 지원 아래 PEARL 프로젝트가 시작된다. PEARL은 'Partnership to Enhance Agriculture in Rwanda through Linkages'의 약자로 내전과 대량학살로 무너진 농업을 다시 일으켜 세워 르완다 경제를 되살리는 데 역점을 두었다. 특히 주요 수출품인 커피와 자체 식량 조달을 위한 '카사바(녹말의 일종)' 생산에 초점을 맞춰 진행됐다.

PEARL 프로젝트를 통해 르완다는 스페셜티 생산지로서 새로운 이미지를 구축하기로 하고 여러 가지 새로운 방법들을 시도하게 된다. 가장 눈에 띄는 것은 가공법의 전환인데, 그때까지만 하더라도 르완다에서 생산되는 대부분의 커피는 펄프드

내추럴 방식으로 가공되었다. 즉, 체리를 따서 돌 같은 딱딱한 것으로 문질러 체리 껍질을 벗겨낸 후 점액질이 붙어 있는 채로 말렸다. 그러나 고품질 커피를 생산하기 위해서는 바른 가공법이 우선이었다. 그래서 PEARL 프로젝트는 농부들에게 조합을 결성할 것을 권유하고 조합을 중심으로 워시드 가공법을 알려나갔다. 또 병충해 방지와 토질 개선 등 농법에 관한 전반적 지식과 기술을 교육하기 시작했다.

이런 노력의 결과로 르완다의 커피 품질은 달라지기 시작했다. 그러나 시장에서 굳어진 이미지 때문인지 르완다 커피 가격은 쉽게 오르지 않았다. 양보다 품질에 관심 있는 스페셜티 바이어들이 필요한 시점이었다. 그래서 PEARL 프로젝트는 커피 바이어들을 초청해 프로모션을 갖는 등 적극적인 마케팅을 시도했고, 이런 홍보를 통해 프로젝트의 의미도 함께 전하려고 노력했다. 단순히 커피를 사고파는 것이 아니라 이 프로젝트를 통해 르완다 국가 재건에 도움을 줄 수 있다는 강력한 메시지를 전한 것이다. 결과적으로 이런 노력이 많은 커피 바이어들의 마음을 움직여 커피 거래가 활발해졌고 더불어 농부들도 커피 품질을 높이는 데 열성을 다했다. 지금 르완다 커피가 아프리카 커피 중 떠오르는 별로 관심을 받게 된 것도 모두 다 이 프로젝트의 결과물이라 볼 수 있다.

2006년 끝난 PEARL 프로젝트는 커피는 물론이고 프로젝트 자체로도 대단히 성공적이었다는 평가를 받는다. 그러나 프로젝트가 시행된 6년이라는 시간은 이제 막 기반을 잡은 농업이 튼튼하게 뿌리를 내리기에는 턱없이 부족한 시간이었다. 그

래서 USAID뿐 아니라 여러 NGO 단체들이 모여 이 프로그램을 발전시킬 수 있는 방안들을 모색하게 되는데, 그것이 바로 2006년 하반기부터 시작한 두번째 프로젝트인 SPREAD 프로젝트다.

SPREAD 프로젝트는 'Sustaining Partnership to enhance Rural Enterprises and Agribusiness Development'라는 이름에서 알 수 있듯이 르완다 경제 재건을 위한 지속가능한 파트너 십을 구축하고 르완다 교외 지역까지 농업을 발전시키는 것을 목표로 삼았다. 이 프로젝트의 일환으로 르완다는 2008년 아프리카에서는 처음으로 COE를 개최하게 된다. COE 대회가 있기까지 많은 우여곡절이 있었으나, 2년 동안 지속된 커피 교육 프로그램을 통해 많은 커퍼들을 길러냈고 이들 스스로가 커피 품질을 판단할 수 있는 능력을 갖췄다고 판단한 것이다.

2008년 첫 COE 대회에서는 총 24개 농장의 커피가 COE 커피의 영예를 안았다. 그리고 1등을 차지한 커피는 18달러라는 누구도 예상치 못했던 높은 가격에 낙찰되었다.

BURUNDI

고산지대이며 수많은 언덕을 가지고 있는 나라. 그 언덕에 커피와 차를 심는 나라. 부룬디의 부줌부라에서 커피 농장으로 향하는 길에 나는 수없이 많은 고갯길을 지났다. 그리고 그곳에서 아주 특이하고 재미있는 광경을 목격했는데, 자전거를 탄 다섯 명의 사내들이 앞서가는 트럭의 꽁무니를 잡고 매달려 언덕을 올라가고 있었다. 브룬디는 언덕이 워낙 많아서 마을에서 마을로 이동할 때 자전거만으로 이동하기가 쉽지 않다. 그래서 오르막길이 나오면 자전거를 탄 채 트럭의 꽁무니를 잡고 고개를 넘어가는 것이었다. 따라가면서 보니 그 모습이 참으로 신기하면서도 재미있었다. '언덕의 나라Land of thousands Hills.' 나는 지금 브룬디에 와 있다.

에밀의
투자 제안을 받다

부룬디는 내륙국가로 서쪽으로는 콩고 공화국, 남동쪽으로는 탄자니아, 북쪽으로는 르완다와 접해 있다. 콩고는 로부스타 커피 재배로, 탄자니아와 르완다는 아라비카 커피 재배로 유명한 반면, 부룬디는 커피 산지로는 아직 잘 알려져 있지 않다. 르완다와 비교해보아도 생산량은 비슷하지만 품질이 떨어진다. 그래서인지 부룬디 커피에는 늘 르완다 다음이라는 인식이 꼬리표처럼 붙어 있다.

르완다와 부룬디는 과거에는 한 나라였다. 제1차 세계대전 당시 벨기에의 식민지가 되면서 두 나라는 '르완다-우룬디'라는 이름으로 국제연맹의 신탁통치를 받았다. 그러다 1962년 부룬디라는 현재의 이름으로 독립하게 된다. 르완다와 같이 후투족과 투치족이 많고, 동일한 민족 구성 때문인지 르완다와는 정서적으로나 생활 면에서 한 나라처럼 느껴지는 부분도 많다. 그러나 커피만큼은 여러 가지 면에서 부룬디가 르완다에 비해 현저히 떨어진다. 그래서 부룬디는 르완다로부터 커피 농사와 가공에 필요한 많은 것들을 배우고 있었다.

나는 아프리카를 방문하면서 르완다와 부룬디 커피에 대한 이야기를 많이 들었다. 두 나라 모두 스페셜티 시장에서는 신생국에 속하지만 커피 품질로 보면 에티오피아와 케냐를 따라잡을 만큼 우수하다는 것이었다. 특히 부룬디가 르완다에 이어 2012년부터 COE 대회를 열기로 했다는 소식은 내 호기심을 끌기에 충분했다. COE 대회를 개최한다는 것은 그만큼 커피 품질에 자신이 있고 많은 고품질 커피들이 생산되기 시작했다는 신호였기 때문이다.

어느 산지든 그곳의 커피를 제대로 이해하려면 수확기에 방문하는 것이 제일 좋다. 그래서 나는 5월 중순에 부룬디로 향했다(부룬디의 커피 수확기는 2~6월이다). 한국에서 두바이를 거쳐 케냐로, 케냐에서 다시 부룬디로 가는, 비행시간보다 대기시간이 더 긴 여정 때문에 나는 부룬디에 다다르기도 전에 이미 지쳐 있었다. 부줌부라에 도착하면서부터는 날씨 때문에 고생을 했다. 기온이 높은데다 습도까지 높아서 정말 후덥지근했다. 게다가 끊임없이 천둥과 번개를 동반한 비가 내리고 있었다. 대부분 커피 산지의 수확기는 건기가 시작되는 시기와 일치한다. 그러나 최근 들어 이상기후 때문인지 비가 오지 말아야 할 시기에 너무 많은 비가 내리고 있었다.

부룬디에서 만난 에밀은 미국에서 대학을 나온 부룬디의 몇 안 되는 엘리트로 부룬디 COE 준비팀에서 일하고 있었다. 그는 농업을 전공했고 미국에서 공부한 덕택에 세계 커피 시장에도 매우 밝았다. 또 사교성이 무척 좋아서 늘 오랫동안 만나온 친구처럼 나를 대해주었다. 그런데 어느 날은 꽤나 생뚱맞은 제안을 해서 나를 놀라게 했다.

"사람들이 르완다 커피가 좋다고들 하지만 부룬디 커피도 르완다에 못지않아요. 다만 우리는 시설이 부족해서 품질이 떨어지는 것뿐이죠. 그래서 말인데, 테라로사가 이곳 워싱 스테이션에 투자를 좀 하면 어떨까요?"

"……."

처음엔 그의 말이 농담인지 진담인지 구분이 잘 안 됐다. 사실 나는 에밀을 미국과 아프리카 커피 전시회에서 고작 두 번 만난 것이 다였다. 게다가 부룬디 방문이 처음인 나에게 다짜고짜 투자를 하라니. 나는 꽤나 당황했다.

“에밀, 미안하지만 난 커피를 사러왔지 투자를 하러온 게 아니에요. 그런 일은 나 혼자 결정할 수 있는 것도 아니고 잘 알지도 못해요.”

나는 그의 기분이 상하지 않도록 최대한 정중하게 거절했다. 하지만 에밀은 포기하지 않고 계속 나를 설득하려 들었다.

“알아요. 하지만 한번 생각해봐요. 커피 품질을 위해서도 좋은 방법일 수 있어요. 우리가 직접 투자하고 농부들을 훈련시킬 수 있다면 커피가 훨씬 좋아질 거예요. 그렇지 않아요?”

“…….”

처음에 나는 이런 말들이 무척이나 부담스러웠다. 내게 부룬디는 처음 방문하는 낯선 땅이었고 아직은 부룬디 커피에 대해서도 잘 몰랐다. 그런데 밑도 끝도 없이 투자 얘기부터 꺼내니 기분이 조금 나쁘기까지 했다. 무엇보다 그의 강력한 권유를 어떻게 해석해야 할지 난감했다.

그러나 나는 차츰 에밀을 이해하게 되었다. 부룬디 농장과 시설 들을 둘러보면서 에밀이 나에게 그런 말을 왜 꺼냈는지 알 수 있었던 것이다.

아프리카 커피의
전설을 꿈꾸며

부룬디는 벨기에 식민지였던 1930년대에 커피 경작이 처음 시작되었다. 현재는 80만 명 정도가 커피 농사를 짓고 있는데 이들 모두 50~250그루 정도의 커피나무를 소유하고 있는 영세농민들이다. 로부스타도 재배하지만 아리비카 생산량이 전체 커피의 96% 정도로 대부분을 차지하고, 부르봉을 중심으로 병충해에 강한 잭슨Jackson, 미비리즈Mibirizy 종을 기르고 있다. 둘 다 부르봉에서 개발한 종들이다. 수확한 체리는 워시드와 세미 워시드로 가공되는데 이웃나라인 르완다의 영향인지 농민들에게 워시드 가공법을 장려하고 있었다. 이를 위해 정부의 주도로 나라 전체에 약 166개의 워싱 스테이션을 만들었고, 이 시설을 바탕으로 커피 품질이 많이 좋아지게 되었다.

부룬디의 워싱 스테이션을 방문했을 때 아주 흥미로운 광경을 목격했는데, 그것은 다름 아닌 체리 선별 방식이었다. 커피를 기르는 농부들은 대부분 영세해서 따로 가공 시설이 없다보니 수확한 체리를 근처 워싱 스테이션에 팔게 된다. 그런데 부룬디의 워싱 스테이션에서는 체리의 무게를 재서 돈을 지불하기 전에 농민들이 가져온 체리를 모두 한곳에 모아 선별 작업을 하고 있었다.

선별 작업 과정을 살펴보면, 우선 큰 탱크에 물을 받아놓고 농민들이 가져온 체리를 쏟아붓는다. 그러면 무거운 것과 가벼운 것으로 나뉘는데, 이때 물에 뜨는 것은 잘 여물지 못했거나 벌레가 먹어서 썩은 체리들이다. 이렇게 문제가 있는 체리는 다시 농부들이 가져가고 나머지는 드라이 테이블 위에 놓고 다시 한번 손으로 골라내는 작업을 한다. 가까이서 살펴보니 사람들이 모여 적당하게 익은 것과 과하게 익은 것, 아직 덜 익은 것 등을 일일이 손으로 골라내고 있었다. 내가 가본 부룬디의 모든 워싱 스테이션이 그랬다. 이런 작업을 통해 한눈에 보기에도 정말 잘 익은 붉은 체리들만 모으고 있었다. 물론 다른 커피 산지에서도 잘 익은 체리를 선별하기 위해 많은 작업들을 하지만 보통 기계를 이용해서 하거나 사정이 여의치 않을 때는 이런 작업을 건너뛰기 마련이다.

농부들이 가져온 체리를 돌려보낸다는 것은 생각만큼 쉬운 일이 아니다. 대부분의 농부들은 체리를 얼마나 땄는가에 따라 하루 수입이 정해지기 때문이다. 또 지금처럼 커피 가격이 한창 좋을 때는 익은 것과 익지 않은 것에 대한 구별을 세세하게 하지 않는다. 품질에 관계없이 커피가 잘 팔리기 때문이다. 그런데 부룬디에서는 이런 번거롭고 까다로운 체리 선별 작업을 계속하고 있었던 것이다. 언제부터 이렇게 했냐고 물어보니 다들 처음부터 그렇게 했단다. 물론 이들은 왜 이런 번거로운 작업이 필요한지 정확히는 잘 모르고 있었다. 그저 체리를 팔기 전에 항상 해왔던 일이었고 그래서 당연히 거쳐야 하는 과정으로 여기고 있었다.

선별 후에 돌려받은 체리는 농부들이 직접 가공한다. 집에서 껍질을 벗기고 말려서 파치먼트 상태로 시장에 내다 판다. 이런 커피들도 낮은 등급이지만 역시 해외로 수출된다. 부룬디 농장을 돌아다니는 동안 길거리에 옹기종기 모여앉아 무언가를 열심히 하고 있는 아이들의 모습을 자주 볼 수 있었는데 가까이 가서 살펴보니 아이들이 덜 익은 체리를 돌로 으깨서 껍질을 벗기고 있었다. 워싱 스테이션에 팔지 못하고 돌려받은 체리들을 그런

워싱 스테이션의 체리 선별 과정. 큰 탱크에 체리를 쏟아부어서 물에 뜨는 것을 골라낸 다음 드라이 테이블에서 다시 한번 선별 작업을 한다

식으로 가공하고 있었던 것이다.

에밀과 함께 농장과 워싱 스테이션을 돌아다니는 동안 부룬디에는 비가 내렸다. 열성적인 품질 관리에도 불구하고 부룬디 커피가 르완다 커피만큼 품질이 좋지 못한 이유는 바로 여기 있었다. 저수 시설과 수로 등이 제대로 정비되어 있지 않아서 비만 내리면 워싱 스테이션 주변이 온통 진흙탕이 되고 말았다. 파이프 같은 것을 묻어 산이나 계곡에서 깨끗한 물을 끌어다 쓰고 있었지만, 파이프를 너무 얕게 묻어서 비가 조금만 내려도 땅속에 스며든 물이 관을 통해 흘러나오고 있었다. 그래서 가공 과정이 흙탕물로 뒤범벅이었다.

아이들이 워싱 스테이션에서 돌려받은 덜 익은 체리를 손으로 으깨서 껍질을 벗겨내고 있다

커피는 가공할 때 어떤 물로 가공하느냐에 따라 품질이 달라진다. 특히 워시드 가공의 경우에는 더욱 그렇다. 껍질을 벗겨낸 파치먼트들이 발효조에 들어가면서 사용된 물이 일부 섞여 들어가기 때문에 이 물이 오염되어 있다면 발효되는 동안 커피 풍미에 영향을 미칠 수 있다. 그래서 되도록 맑고 깨끗한 물을 사용해야 한다. 르완다에서는 비가 와서 길이 온통 진흙탕이 되어도 커피 가공에 사용되는 물은 언제나 맑고 깨끗했다. 그래서 흙탕물로 뒤범벅된 부룬디의 열악한 가공 환경을 보고 나는 아연실색할 수밖에 없었다.

"에밀! 이런 오염된 물을 사용하는 건 커피 품질에 좋지 않아요. 당신도 알겠지만 커피 풍미에 오점을 남긴다고요!"

놀란 내가 흥분해서 닦달을 해대자 에밀은 알지만
어쩔 수 없다며 풀이 죽은 목소리로 말했다.

"딱히 방법이 없어요. 이렇게 갑자기 많은 비가 내
리면 흙이 물에 들어가 섞이는 걸 막을 수가 없어요. 파
이프를 묻어서 산속에서 물을 끌어오고는 있지만 시설
이 열악하다보니 얕게 묻게 되요. 그래서 비만 오면 흙
이 섞이는 거고요."

"방법을 찾아봐요, 에밀. 깨끗한 물을 저장해둘 곳
을 찾아보든지, 조금 깊게 파이프를 묻든지 무슨 방법
이 있을 거예요. 이런 식으로 하면 체리를 아무리 잘 선
별해도 발효시키는 동안 잘못될 가능성이 커요. 커핑을
하면 무조건 흙냄새가 올라온다고요. 이래서는 스페셜
티가 되기 어려워요."

손으로 일일이 선별해낸 체리들이 엉망이 될지도
모른다는 생각에 나는 너무도 안타까웠다.

에밀은 이때가 기회라고 생각했는지 다시 나에게
투자 이야기를 꺼냈다.

"맞아요. 우리에겐 좋은 시설이 필요해요. 그래서
내가 당신에게 실례를 무릅쓰고 부룬디에 투자하라고
했던 거예요. 우린 좋은 커피를 가지고 있어요. 그런데
그걸 가공할 만한 기초 시설이 없어요. 그렇기 때문에
투자가 절실한 거예요."

에밀의 말이 맞는지도 모르겠다. 부룬디는 투자와
원조가 필요한 나라다. 이웃 르완다는 여러 국제기구
의 도움으로 경제를 되살릴 수 있었다. 그러나 부룬디
는 세계에서 가장 빈곤한 나라 중 하나지만 르완다에
비해 국제기구의 원조가 턱없이 부족했다. 그래서 에

커피를 팔기 위해 워싱 스테이션에 모인 사람들

밀이 끝없이 나에게 투자하라고 말했는지도 모르겠다. 그는 제대로 된 시설만 있으면 부룬디도 얼마든지 스페셜티를 생산할 수 있다는 확신이 있었던 것이다. 이웃 나라인 르완다가 스페셜티 커피로 유명세를 떨치는 것을 지켜보았기 때문에 마음이 더욱 조급했을지도 모른다. 그래서 그는 염치 불구하고 나뿐 아니라 만나는 외국 바이어마다 투자하라는 말을 하고 있는 것 같았다. 나라가 나서야 할 일을 본인이 직접 하고 있었던 것이다.

어느 산지든 어려움은 다 있다. 하지만 부룬디처럼 기초 시설이 아예 없는 경우에는 그 어려움이 배가된다. 가공뿐 아니라 커피 운송도 문제였다. 부룬디는 내륙 국가이다보니 케냐의 몸바사Mombasa 항과 탄자니아의 다르 에스 살람Dar es Salaam을 통해 커피를 수출한다. 고온다습한 날씨에 커피를 트럭 위에 싣고 몇날며칠을 이송하는 것도 문제지만, 비라도 내리면 길이 온통 진흙탕으로 변해 트럭이 웅덩이에 빠져 옴짝달싹 못 하는 사태가 생기기도 한다. 이런 일이 생기면 트럭을 끄집어내는 동안 커피는 고온다습한 기후에 계속 노출된다. 아무리 가공이 잘되었어도 커피는 서서히 변질되고 결국 품질이 떨어지게 되는 것이다. 또 수확기에 이송할 트럭을 구하지 못해 바이어를 찾고서도 커피가 창고에서 그대로 방치되는 경우도 많다. 수확 시기는 정해져 있고 커피를 운반할 트럭은 부족해서 생기는 일들이다.

상황이 이렇다보니 바이어들 사이에서는 부룬디에서 정말 좋은 커피를 발견했다면 비용이 들더라도 비행기를 이용하는 게 가장 안전하게 커피를 운송하는 방법이란 말이 있다. 이렇게 하지 않으면 커피가 도착했을 때 어렵게 구한 최상급 커피는 어디론가 사라져버리고 커머셜급 정도로 변해버린 커피를 발견하게 될 거라는 이야기다.

산지에서는 문제가 생겨도 해결 방법을 찾기가 쉽지 않다. 대부분의 커피 산지는 물자가 넉넉치 않고, 장비도 신통치 않고, 기술력도 부족하다. 그러다보니 같은 문제가 매번 반복되고 해결하려는 의지도 점차 사라진다. 그러면서 당연히 커피 품질도 떨어진다.

그러나 부룬디를 방문하고 나서 나는 이곳은 다르다고 느꼈다. 부룬디

에는 체리를 한 알 한 알 일일이 골라내는 농부가 있고, 에밀처럼 농부들을 위해 끊임없이 투자하라고 설득하는 사람도 있다. 무엇보다 스페셜티를 위한 농부들의 의지가 확고했다.

내년이면 이곳에서도 COE 대회가 시작된다. 부룬디에서 열릴 첫번째 COE 대회에 대한 사람들의 관심은 대단히 높다. 그들이 만들어낼 스페셜티 커피에 대한 기대감도 있고, 기대하는 만큼의 품질이 나올까 하는 의구심도 있다.

그러나 나는 확신한다. 부룬디는 파나마 게이샤 못지않은 세계가 깜짝 놀랄 또 한 번의 전설을 만들어낼 것이다. 지금 이 순간에도 한 알 한 알 체리를 고르고 있을 농부들의 손으로 말이다.

BRAZIL

브라질의 겨울도 정말 추울까? 브라질로 출발하는 비행기에 오르면서 나는 '커피 산지의 겨울'에 대해 잠시 생각하게 되었다. 커피 산지는 적도를 중심으로 분포해 있기 때문에 일 년 내내 기온이 높고 건기와 우기가 뚜렷하다. 그래서 브라질이 지금 겨울이라 추우니 옷을 든든히 준비하라는 연락을 받고서도 정말 춥기는 추울까 하는 생각을 했던 것이다. 그러나 상파울로에 도착하는 순간 '겨울은 겨울이구나' 하고 느끼게 됐다. 정말로 날씨가 쌀쌀했고, 사람들이 두툼한 겨울 스웨터를 입고 다니는 게 눈에 띄었다. 본격적인 커피 수확철인 6월부터 8월 말까지가 브라질의 나름 혹독한 겨울이었던 것이다.

2009 브라질 COE 대회,
바이아의 기적

모든 이들이 숨을 죽인 채 기다린다. 이제 1등 발표만이 남았다.

"1등 농장을 발표합니다. 2009 브라질 COE 대회 1위는 바이아Bahia 지역의 파젠다 오우로 베르디입니다!"

드디어 1등이 발표되자 모두들 일제히 자리에서 일어나 기립박수를 보냈다. 실비오도 어린아이처럼 환호하며 소리치고 있었다. 주변 사람들 모두가 실비오에게 축하 악수를 청했다. 그중에는 하야시 선생님도 계셨다.

"실비오! 축하해요. 그리고 미안해요. 내가 경솔했던 것 같소. 오늘 1등은 실비오 당신 거나 마찬가지요. 진심으로 축하해요."

실비오의 눈에는 눈물이 가득했다. 그 순간 아마도 그는 바이아에서 보낸 지난 5년의 세월을 돌아보고 있었는지 모르겠다.

2009년 브라질 COE 대회는 대회 10주년이라는 타이틀에 걸맞게 여러 가지 의미 있는 기록들이 만들어졌다. 대회가 시작된 지 10년 만에 처음으로 미나스 제라이스Minas Gerais가 아닌 다른 곳의 커피가 1등을 차지한 것이다. 그것도 스페셜티 커피가 나지 않는다고 여겨졌던 바이아 지역 커피가 말이다. 그뿐만 아니라 5등, 7등, 10등, 11등, 15등, 22등도 모두 바이아

지역 커피의 차지였다. 미나스 제라이스 커피들이 모든 순위를 휩쓸던 지난 대회를 생각하면 실로 놀라운 변화와 발전이었다. 이 기적과도 같은 일의 중심에 실비오가 있었다.

내가 실비오를 만난 것은 2009년 미국 스페셜티 커피협회의 니카라과 커피 세미나에서였다. 커퍼로, 브라질 커피의 품질 평가사로, 바이아 지역의 스페셜티 커피 수출상으로 그의 명성은 이미 커피 시장에 널리 알려져 있었다. 나는 세미나가 진행되는 동안 연실 싱글벙글한 그의 편안한 인상이 무척이나 마음에 들었다. 멀리서 보고 '아, 저 사람이 그 유명한 실비오인가 보네' 하고 생각하고 있는데, 친구인 클라우디아가 소개시켜주겠다며 내 손을 잡아끌었다.

"실비오, 이쪽은 한국에서 온 내 친구예요. 테라로사라는 커피 회사에

바이아 지역 농장의 커피 수확 모습

서 일하죠. 아마 당신도 금방 미스 리와 친해질 거예요. 나도 그랬으니까.
마침 브라질 커피가 필요하다고 하니 잘 해봐요."

클라우디아는 소개를 마치고 바로 다른 곳으로 가버리고 실비오가 당
황한 나에게 고맙게도 먼저 인사를 건넸다.

"아, 반가워요. 전 실비오 레이테라고 합니다. 그냥 실비오라 부르죠.
한국에서 왔다고요? 한국이라면 예전에 한 번 가본 적이 있어요."

"한국에요?"

"네, 혹시 '동서'라고 아시나요? 인스턴트커피 회사인데……."

"아, 동서커피말인가요?"

"네. 맞아요. 거기에 커피 테스트를 하러 서울에 갔었어요. 벌써 20년
전이니 서울도 많이 변했겠네요."

실비오는 어색해하는 나와의 거리를 좁히기 위해 애쓰고 있었다. 그의
배려 덕분에 나는 편안하게 이런저런 얘기를 나눌 수 있었다. 오빠 같은 푸
근함 때문인지 그가 왠지 무척이나 가깝게 느껴졌다. 클라우디아의 말처럼
우리는 금방 친해졌고, 그해 9월 우리 회사를 방문하기도 했다.

바이아 지역의 커피 농장 풍경

점쟁이 커퍼 실비오 레이테

바이아 커피 수출회사인 아그리 카페Agri Cafe의 사장인 실비오는 커피와 인연을 맺은 지 30년이 넘은 45살의 중년이다. 그가 늘 주장하듯이 언뜻 보면 아직도 30대 초반처럼 보이기도 하지만, 그와 커핑을 해본 사람이면 누구나 그가 아주 긴 시간을 커피와 함께 보냈다는 것을 짐작하게 된다.

이탈리아 이민자의 자손인 실비오는 어려서 매우 가난하게 자랐다고 한다. 아침마다 우유를 돌리고 신문을 배달하면서 학교를 다녔고, 커피 수확기에는 농장에서 일하는 아버지를 따라 커피를 따기도 했다. 그러다 13살 되던 해 학비를 벌기 위해 본격적으로 커피 농장에서 잔심부름하는 일을 하게 된다. 그리고 이를 계기로 '커핑'이라는 새로운 세계를 접하게 된다.

그가 일했던 커피 농장은 꽤나 규모가 커서 해마다 수확기가 되면 많은 바이어들이 찾아왔다고 한다. 출장 온 바이어들은 커핑실에서 직접 커피 맛을 보곤 했는데, 그 모습이 어린 실비오에게 꽤나 신기했던가보다. 수저로 커피를 떠서 맛과 향을 음미하는 그들의 모습을 보면서 실비오는 '대체 커피에서 무슨 맛과 향이 나는 걸까' '나도 한번 해보고 싶다'는 생각을 하게 되었다고 한다. 그렇게 호기심을 키워가던 어느 날 실비오에게도 커핑을 할 수 있는 기회가 찾아오게 된다.

그날도 실비오는 창문 너머로 커핑실을 엿보고 있었다. 그런데 담당자가 우연히 실비오를 발견하고는 너도 한번 해보겠냐며 기회를 준다. 그저 호기심 많은 어린아이에 대한 단순한 배려였겠지만, 실비오는 그에게 찾아온 천금 같은 기회를 놓치지 않는다. 그동안 눈으로 보고 익힌 것들을 바탕으로 제법 그럴듯하게 커피 맛을 품평해내서 담당자를 놀라게 한 것이다. 이 일을 계기로 실비오는 본격적으로 커퍼로 훈련받을 수 있게 된다. 그의 나이 19살 때의 일이다.

소질도 있었고 열정도 있었던 그는 농장의 숙련된 커퍼들을 단숨에 따라잡는다. 그리고 그에게 두번째 기회가 찾아온다. 그가 속해 있던 농장이

대규모 커피 회사와 거래를 하게 됐는데 회사를 대표해 이탈리아로 갈 커퍼로 그가 선발된 것이다. 이를 계기로 실비오는 본격적인 커퍼로서의 인생을 시작한다.

내가 가지고 있는 커퍼 실비오의 이미지는 '점쟁이'이다. 커피 한 잔을 앞에 두고, 그는 이 커피가 이 자리에 오기까지 지나온 여정들을 술술 풀어낸다. 커피가 자란 농장의 환경에서부터 커피나무의 관리, 체리의 수확과 가공, 그리고 로스팅과 추출까지. 이 많은 이야기들이 커피 한 잔에 담겨 있고, 커핑을 통해 그 모든 이야기를 찾아낼 수 있다는 것을 나는 실비오를 통해 배웠다. 그는 전형적인 브라질 사람답게 아주 유쾌하고 활달한 성격이지만 커핑을 할 때만큼은 이 세상 누구보다도 진지해진다. 그가 커핑을 하는 동안 발산하는 집중력은 곁에 있는 사람마저 숨죽이게 할 정도다. 나는 그 집중력에서 커피 한 잔에 담긴 모든 이야기의 단서들이 발견되는 것은 아닐까 하고 여러 번 생각했었다.

실비오는 15년간을 커퍼로, 농장의 매니저로 일했다. 그리고 이 기간 동안 커피에 대해 폭넓고 체계적으로 공부하면서 브라질 커피 산업에서 없어서는 안 될 주요 인물로 자리 잡았다. 브라질 COE가 처음 시작하던 때역시 초창기 멤버로 활약하면서 커피의 품질 평가에 대한 기준을 만들었고, 브라질 스페셜티 커피협회[BSCA] 내의 테크니컬 매니저로 활동하면서 커퍼를 길러내는 것은 물론, 농부들에게 고품질 커피 재배를 위한 농법에 대해 교육하기도 했다.

이렇게 다방면으로 왕성한 활동을 하는 동안 그는 한 가지 중요한 의문을 품게 된다. '왜 브라질 고급 커피는 미나스 제라이스 지역에서만 나는 걸까?' 이것이 후에 그가 해오던 모든 일을 그만두고 바이아로 향하는 결정적계기가 된다.

아무도 가지 않은 길을 걸은 낭만주의자

실비오는 세계를 깜짝 놀라게 할 만한 브라질 커피를 내놓겠다는 야심을 가지고 커피 재배지에 대한 공부를 시작한다. 그러던 중 브라질 북쪽 바이아 지역이 미나스 제라이스보다 고도가 높고 아침과 저녁이 서늘한 기후를 가지고 있다는 것을 알게 된다. 문제는 척박한 토질과 긴 건기, 그리고 형편없는 커피 가공 기술이었다. 그는 자신을 믿고 한번 도전해보기로 하고 바이아로 가기로 결심한다. 물론 많은 사람들이 실비오를 말렸고, 아무도 바이아에서 고품질 커피를 만들어내겠다는 실비오의 야심찬 계획이 성공하리라고 믿지 않았다. 심지어 초창기 COE 멤버들까지도 그를 '낭만주의자'라고 말했다고 한다. 그러나 실비오는 5년 후 모든 사람들이 놀랄 만한 성과를 보여주겠다고 호언장담하며 바이아로 떠난다.

바이아는 토질도 척박하고 물도 부족해서 좋은 커피를 재배하기에는 여러모로 문제가 있는 지역이다. 반면 다른 커피 재배지와는 달리 높은 고도와 서늘한 기후 조건 등을 가지고 있어서 기존의 브라질 커피와는 다른 새로운 커피를 만들어낼 수 있는 잠재력을 품고 있는 곳이기도 했다. 무엇보다 실비오는 커피의 맛을 정확하게 감별해낼 수 있는 아주 유능한 커퍼였다. 다만 커피 가공이 문제였다.

바이아에 회사를 차린 실비오는 이 문제를 해결하기 위해 농부들을 찾아간다. 그는 피아타Piata와 세라도Cerrado 지역을 돌며 농부들에게 옳은 커피 가공법을 설명하고 개선해야 할 점들을 일일이 지적해주면서 새로운 커피를 만들기 시작한다. 동시에 믿을 만한 바이어를 찾기 시작했다. 커피의 품질과 그를 믿고 계속 커피를 구매해줄 바이어가 절대적으로 필요했다. 그래야 농부들을 독려해서 누구도 만들지 못했던 새로운 스페셜티를 만들 수 있을 거라고 생각했다. 이렇게 쉽지만은 않은 5년이라는 시간이 흐르고 2009년, 마침내 그는 바이아 지역 7개의 커피를 COE 커피로 만드는 데 성공한다. 그것도 1위 자리에 떡하니 바이아 커피를 올려놓은 것이다.

실비오와 농부들이 만들어낸 이 감동적인 스토리는 곧 스페셜티 시장에 빠르게 퍼져나갔고, 그동안 관심 밖이었던 바이아 지역은 유명세를 타며 점점 더 많은 스페셜티 바이어들이 찾는 곳이 되어가고 있다. 덕분에 실비오도 무척이나 바빠졌다. 올해는 그가 손님맞이에 너무 바빠서 나도 겨우 사흘을 그와 함께 보낼 수 있을 정도였다.

'가지 않은 길'은 누구에게나 두렵기 마련이다. 그래서 그 두려움을 극복하고 아무도 가지 않은 길을 가는 사람이 세상을 바꾼다. 실비오가 지난 5년간 묵묵히 걸어간 길이 바로 그랬다. 그는 아무도 가지 않은, 감히 갈 엄두도 내지 못한 길을 당당하게 걸었고 그것이 지금 바이아로 사람들을 불러들이는 시발점이 되었다.

나는 실비오가 걸었던 그 길이 '특별한 커피'를 꿈꾸는 이들에게 주어진 소명과도 같은 것은 아닐까 생각한다. 스페셜티에 대한 정확한 기준을 세우고 그것을 배우고 익히는 것, 아직 발견되지 않은 특별한 커피를 발견하고 그 커피로 사람들을 새로운 산지로 불러들이는 것, 이렇게 자연스럽게 스페셜티 커피 시장의 새로운 고리들이 만들어지고 끊임없이 돌아가도록 돕는 것. 이것들이 바로 스페셜티 커피를 만들어가는 원동력은 아닐까. 물론 말처럼 쉽게 이루어지는 일은 아니다. 그러나 아주 불가능한 일도 아니다. 나는 그것을 실비오를 통해 보았다.

최고의 농부
호세 프란시스코 페레라

호세 씨는 내가 지금껏 산지를 다니며 만난 농부 중에 단연 최고의 농부다.

그와의 인연은 2009년 브라질 COE 대회에 참석하면서 시작되었다. 보통 COE 대회는 오전에는 커핑을 하고 오후에는 대회가 열리는 지역의 농장을 방문하는 프로그램으로 운영된다. 2009년 브라질 COE 대회는 미나스 제라이스의 마차도Machado에서 열리고 있었고, 우리는 근처의 몬테 알레그레Monte Alegre 농장을 방문하게 되었다.

내가 몬테 알레그레 농장에 대해 처음 이야기를 들은 것은 2007년 일본에서였다. 생두회사인 와타루에서 몬테 알레그레 농장의 스페셜티 커피를 프로모션하던 자리에 참석하게 되었고, 그곳에서 농장에 관한 여러 가지 이야기를 들을 수 있었다. 대규모 농장이지만 정비가 매우 잘되어 있고, 체계적 시설과 과학적 농법으로 스페셜티 커피를 생산해내고 있다는 입소문이 자자했던 것으로 기억한다. 그 후에 우연히 커피 잡지에서 우리나라의 한 회사가 이 농장의 커피를 들여오고 있다는 기사를 읽고 꼭 한번 가보고 싶다고 생각하기도 했다. 그런데 뜻밖에 COE 대회에서 이런 유명한 농장을 방문할 기회가 오다니. 나는 농장에 도착하기도 전에 이미 들떠 있었다.

나는 아직도 농장을 처음 방문한 날을 잊을 수 없다. 이 첫번째 방문에서 여러 가지 놀라운 경험을 하게 되었기 때문이다. 우선 나는 실제 상상한 것보다도 더 어마어마한 농장의 규모에 놀랐다. 몬테 알레그레 농장의 전체 규모는 약 44,785에이커로, 내가 살고 있는 강릉시보다도 면적이 컸다. 물론 이 대규모 농장 전체에서 커피를 재배하는 것은 아니다. 일부는 사탕수수 재배지로, 일부는 유칼립투스 나무 재배지로, 일부는 목초지로 그리고 나머지 지역은 보호구역으로 분리하여 운영되고 있었다. 커피가 재배되고 있는 면적은 전체 농장의 약 14%인 6,300에이커였는데, 그것만 해도 엄청나게 넓어서 커피가 재배되는 한 구역을 끝에서 끝까지 차로 타고 달리는 데 30분 넘게 걸릴 정도였다.

나는 농장을 둘러보면서 대체 이 넓은 땅을 어떻게 구분해서 커피를 재배하고 있는지, 이런 대규모 농장에서 스페셜티 커피가 나오는 것이 가능한지 하는 의문을 가지게 되었다. 그러나 호세 씨의 농장 경영에 관한 설명을 듣고 체계화된 시스템을 눈으로 직접 보니 서서히 납득이 되기 시작했다.

엄청난 규모에도 불구하고 농장은 놀라울 정도로 잘 정비되어 있었다. 커피나무가 심어져 있는 지역을 네 군데로 나누고, 각각의 구역을 지형이나 커피의 종에 따라 다시 10~12개 정도로 분류해서 체계적으로 관리하고 있었다. 또 커피가 어디에서 어떻게 재배되고 있는지를 한눈에 알 수 있도록 정리해서 농장 관리에 한 치의 오차도 발생하지 않도록 하고 있었다. 호세 씨는 농장의 규모가 큰 만큼 위험부담도 높기 때문에 이런 체계화된 시스템이 없으면 관리 자체가 불가능하다고 말했다.

대규모 농장에 아무리 체계화된 시스템을 가지고 있다 하더라도 품질은 쉽사리 좋아지지 않는다. 그래서 겉으로 보기에는 정말 잘하고 있다는 생각이 드는 농장조차도 막상 커핑을 해보면 품질이 실망스러운 경우가 종종 있는데 그의 커피는 달랐다. 모든 커피가 스페셜티라는 것은 아니다. 그러나 같은 커머셜이라 하더라도 그의 커피는 품질에서 다른 커피들에 비해 월등했다. 이런 품질의 차이가 이 농장의 유명세를 만든 원인이 아닐까 싶었다.

내가 보기에 이 농장 최고의 경쟁력은 호세 씨의 커피에 대한 열정과 해박한 지식이었다. 내가 아는 최고의 커피 전문가라 칭해도 될 만큼 그는 커피에 관해 정말이지 모르는 게 없었다. 물론 어려서부터 커피 농장에서 일했고 그간의 경험에서 배운 것들도 남들보다 많을 것이다. 그러나 내가 그를 최고의 커피 전문가라고 생각하는 것은 단순히 경험에서 비롯된 그의 지식 때문이 아니다. 그는 누구보다도 과학적으로 사고하는 농부였다. 그는 농부에게 경험은 참고자료일 뿐이라며 더 나은 커피를 만들기 위해서는 늘 공부하고 배워야 한다고 강조했다. 그는 자신의 전문 분야인 커피 농법뿐 아니라 커피 산지와 소비지에 이르기까지 광범위하고 해박한 지식을 가지고 있었다. 그와 조금만 이야기를 나눠보면, 현재 커피시장이 어떻게 돌아가고 있고, 앞으로 커피 가격이 어떻게 변할 것인지 아주 과학적인 근거들을 바탕으로 막힘없이 예측하는 모습에 놀라게 된다. 또 커피에 관한 질문이라면 누가 무엇을 묻든 막힘없이 대답했다.

나는 이런 호세 씨의 해박함에 바로 매료되었고, 2010년 다시 그의 농장을 방문했다. 이번에는 농장을 좀더 찬찬히 둘러보면서 커피에 관한 나의 지식을 전반적으로 점검하고 그로부터 좀더 많은 것들을 배우고 싶었다.

지평선을 향해 끝없이 뻗어있는 광대한 규모의 몬테 알레그레 농장

호세 씨가 전문 경영인으로 있는 몬테 알레그레 농장은 18세기부터 커피 재배를 시작한 오랜 전통을 가진 곳이다. 호세 씨의 아버지 역시 이 농장의 관리자로 35년간 일했다. 그래서 호세 씨는 어려서부터 농장을 제집처럼 드나들며 아버지를 도와 농장 일을 하면서 학교를 다녔다고 한다. 그러다가 스무 살이 되던 해인 1974년부터 농장의 매니저로 일을 하게 된다. 농장을 상속받은 네 명의 자녀들이 농장의 운영을 전문 경영인에게 맡기기로 했는데 적임자로 호세 씨를 지목했던 것이다. 이렇게 호세 씨는 농장의 CEO로, 네 명의 자녀들은 주주로 남아 농장의 새로운 세대가 시작된다.

1990년대 초 브라질 정부가 농부들에게 자유무역을 허가하면서 호세 씨는 바이어를 찾기 위해 발 빠르게 움직인다. 거대 시장인 미국을 비롯해서 유럽, 일본 등을 돌아다니며 몬테 알레그레 커피의 우수성을 알리고 홍보하기 시작했다. 마침 이 시기가 스페셜티 커피 시장이 막 도약하던 때라 품질이 우수한 그의 커피는 금세 유명세를 타기 시작한다. 하지만 그는 여기서 만족하지 않고 농장 안에 시스템을 만들기 시작했다. 농장의 규모도 규모려니와 점점 더 고품질을 요구하는 시장에 대응하려면 좀더 체계화된 시스템이 필요하다고 생각한 것이다.

그는 대규모 농장에 마치 공장과 같은 체계적인 시스템을 만들고 모든 것을 자료화해서 언제 어느 곳에서든 바로 확인할 수 있도록 했다. 이 시스템을 만드는 데 걸린 시간이 무려 10년. 10년이란 긴 세월이 걸렸다는 것도 놀라운데 그가 만든 시스템은 더욱 놀랍다. 일단 농장을 구획으로 나누어 구획별로 관리하는 것은 물론이고 생산되는 체리의 양과 종류 등을 일지에 상세하게 기록해 이 데이터를 바탕으로 몇 년 후의 수확량까지도 예측할 수 있도록 했다. 커피 가격의 급등과 폭락은 농부들에게 늘 큰 고민거리이고 대량생산을 하는 농장들에는 더욱 민감한 문제다. 그런데 몬테 알레그레 농장은 정확한 데이터를 바탕으로 커피 생산량을 예측하고 조절하면서 시장

Monte Alegre
Coffees
751405
ALEIJADINHO BORBON
Bourbon
3,20m X 0,65m
13,50 HA
64.915 árvores
Monte Alegre
Coffees
691105
ITALIANO VELHO
M Novo
1,75m X 1,25m
7,93 HA
31.189 árvores

에 유연하게 대처하고 있었다.

그뿐만 아니다. 몬테 알레그레 농장은 체리를 수확해서 워싱 스테이션으로 옮기고 가공해서 말리는 동안 커피가 구획별로 관리될 수 있도록 정확한 '생산이력 추적시스템'을 가지고 있었다. 각 단계별로 커피가 이동할 때마다 정확하게 문서에 기록을 해서 커피가 바뀌거나 섞이는 일이 생기지 않도록 하는 것이다. 마치 택배회사의 운송장을 연상시키는 이 문서들에는 누가 언제 어디서 커피의 이송을 담당했는지, 다음 장소에 언제쯤 도착할지, 누가 커피를 인도받았는지 빠짐없이 기록되어 있다. 이렇게 운송된 커피는 바이어에게 팔릴 때까지 품질별, 등급별로 정확하게 구분해 보관된다.

이런 완벽한 시스템이 갖춰져 있기 때문에 혹시 바이어들이 커피에 대해 불만을 제기할 경우에도 언제든 커피의 이력을 역추적해서 문제를 해결할 수 있다. 언제든지 커피에서 문제가 발견되면 원인을 찾을 수 있고 원인을 정확하게 찾으면 해결 방법도 찾을 수 있는 것이다. 그래서 스페셜티 바이어뿐 아니라 대량으로 커피를 사들이는 커머셜 바이어들도 몬테 알레그레 농장과 거래하기를 원한다. 사실 커머셜 커피일수록 균등한 품질을 담보하기가 어렵다. 여러 지역에 있는 농장의 커피가 뒤섞여 거래되다보니 같은 등급이라 하더라도 살 때마다 커피 풍미가 달라질 가능성이 높은 것이다. 그렇기 때문에 대규모 농장에서 일정 품질 이상의 커피를 생산해낸다면 바이어 입장에서는 당연히 구매한다. 더구나 몬테 알레그레 농장처럼 시스템을 잘 갖추고 있는 농장이라면 정말 순식간에 커피가 팔려나간다. 그래서 호세 씨의 커피는 생산량이 많은데도 사기가 어렵다. 매해 생산되는 커피의 92% 정도는 일정 기간 계약한 바이어에게 팔리고, 나머지 8% 정도만 새로운 바이어들을 맞게 된다.

커피 가격 결정에 있어서도 호세 씨는 대단히 합리적이다. 커머셜 커피는 뉴욕 C 가격이 기준이 되는데 그의 경우에는 커머셜의 중간 등급을 뉴욕 C 가격과 동일하게 정하고, 각 단계별로 위아래로 프리미엄을 더하거나 빼는 식으로 가격을 정하고 있었다. 그는 이 모든 데이터를 투명하게 공개해서 바이어들을 납득시키고, 바이어들도 그의 가격 결정에 큰 불만을 느끼지 않는다. 그의 가격 책정이 합리적이어서 바이어와 농부 어느 한쪽이 지나치게 손해보는 일이 없기 때문이다.

사실 호세 씨의 커피는 가격에 비해 품질이 월등히 좋다. 그래서 언젠가는 그것에 관해 짓궂게 물은 적이 있다.

"호세 씨, 몬테 알레그레는 커피 가격이 너무 싼 것 같아요. 이 정도 품질이라면 가격을 더 높게 불러도 다들 살 거라고요."

내 말을 들은 그는 무슨 뜻인지 알겠다는 듯 고개를 끄덕였다. 그러고는 차분한 어조로 자신의 생각을 풀어놓았다.

"미스 리, 커피를 단순히 농사라고 생각하면 안 돼요. 커피는 농사이면서 사업이죠. 사업하는 사람들은 현재뿐 아니라 미래도 함께 봐야 해요. 커피를 올해만 거래할 건 아니잖아요? 내년에도, 내후년에도, 그리고 10년 후에도 거래를 해야죠. 그러기 위해서는 모두에게 유리한 가격이 필요해요. 나뿐 아니라 바이어들에도 유리한 가격이요. 그들의 비즈니스가 잘되어야 우리도 계속 커피를 팔 수 있잖아요."

그는 말하는 내내 온화한 미소를 지었지만 표정만은 확고했다.

모두에게 유리한 가격이라…… 커피 시장에서 모두에게 유리한 가격을 생각하는 사람이 과연 몇이나 있을까? 나는 그의 말을 듣고 적잖이 감동을 받았다.

"나는 브라질이 이렇게 커피 시장의 중심에 선 것은 생산량 때문만은 아니라고 생각해요. 합리적인 사고와 시장의 흐름을 잘 이해하는 경영자적인 마인드가 브라질 농부들에게는 있어요. 모두들 당장의 이익만 생각했다면 지금의 브라질은 없었을 겁니다."

그의 말처럼 이런 앞선 경영 마인드로 커피를 대하지 않았다면 오늘날의 몬테 알레그레 농장도, 오늘날의 브라질 커피도 없었을지 모르겠다. 그의 이야기를 듣고 있자니 나는 어떻게 브라질 스페셜티 커피협회가 세계 커피 시장에 확고한 존재로 남아 있는가에 대해서도 차츰 이해되기 시작했다.

브라질 커피의 힘 BSCA

브라질 스페셜티 커피협회는 1991년에 조직된 브라질 커피생산자연합이
다. 올해로 창립 20주년을 맞게 되는 이 단체는 브라질 국내뿐 아니라 세계
커피 시장에서도 커피 산지를 대표할 정도의 막강한 권한을 행사하고 있다.

1930년대까지 커피는 브라질 경제 전체를 좌우하는 핵심 농산품이었
다. 그래서 브라질 정부는 브라질 커피협회를 조직해 커피의 수출을 통제하
기 시작했다. 그런데 생산량을 늘리는 데만 초점을 맞추다보니 품질이 떨
어지면서 결과적으로 브라질 커피는 저품질이라는 인식을 남기게 된다. 그
래서 1989년에 협회가 해체되면서 브라질 정부는 이를 해결하기 위해 자유
무역을 허가한다. 농부들 스스로 바이어를 찾아 커피를 팔아야 하는 시점이
된 것이다. 그런데 그때까지만 해도 브라질에서 생산되는 커피 대부분이 바
이어들에게 저품질 커피로 인식되어 싼값에 인스턴트용 커피로 팔리고 있
었다. 콜롬비아나 중미 아프리카 커피들에 비해 경쟁력 자체가 없었던 것이
다. 그래서 농부들은 새로운 체계에 그저 당황할 수밖에 없었다.

이런 대부분의 브라질 농부들과는 달리 바뀐 상황을 기회이자 도전으
로 생각한 농부들도 있었다. 이 12명의 농부들이 한자리에 모여 스페셜티
커피를 만들어보자고 의기투합하면서 BSCA가 만들어진다. 이때가 1991
년이다. 호세 씨도 그 12명의 농부 중 한 사람이었다. 당시 BSCA 멤버가
되기 위해서는 반드시 통과해야 하는 원칙이 있었는데, 바로 고품질 커피를
생산해내는 농장이라야 한다는 점이다. 그의 말에 따르면 이런 농장이라야
만 스페셜티 커피 생산이 가능하다는 암묵적 합의가 확고했다고 한다. 그러
나 문제는 그다음부터였다. 고품질 커피를 생산해내기 위해서는 강도 높은
체리 선별 과정과 끊임없는 투자, 다른 산지의 방문 등 할 일이 태산이었던
것이다. 뿐만 아니라 국제 커피 시장이 원하는 고품질을 정확히 알아야 했
기 때문에 미국을 비롯해 유럽, 일본까지 일일이 찾아다니며 그 기준을 세
워야 했다. 또 브라질 스페셜티 커피에 대한 홍보도 필요했다.

예상했던 대로 그들의 시도는 처음부터 난관에 부닥쳤다. 우선 브라질 커피를 구매하는 바이어를 찾기가 어려웠다. 이미 브라질 커피는 저품질이라는 인식이 시장에 팽배했던 것이다. 이에 BSCA 멤버들은 브라질 커피의 품질에 대한 좀더 객관적이고 정확한 평가가 필요하다고 판단하고 협회 내에 시설을 만들어 전문 커퍼들을 양성하기 시작한다. 여기에 들어가는 모든 경비는 12명의 농부들이 십시일반으로 모았다. 호세 씨의 말에 따르면, 매년 모든 농장에서 1만 달러씩을 투자했는데 놀랍게도 5년 동안 단 한 사람의 이탈도 없었다고 한다. 1만 달러면 사실 아무리 큰 농장이라도 선뜻 내놓기 힘든 큰 금액이다. 나는 이들을 이렇게 단단하게 결속시킨 원동력이 무엇인지 궁금했다. 호세 씨는 자신들에게는 선택의 여지가 없었다며 당시의 상황을 설명해주었다.

"우리는 절박함을 느끼고 있었어요. 콜롬비아와 과테말라, 코스타리카 커피는 비싼 가격에 팔리고 있었는데 브라질 커피는 아무도 인정해주지 않았죠. 누구도 농장의 앞날을 보장할 수 없었어요. 그래서 힘을 합쳤던 거예요. 1만 달러로는 아무것도 할 수 없지만, 12만 달러로는 무언가 이룰 수 있다고 믿었죠. 그래서 모두 한마음으로 움직였던 거고, 그 덕분에 스페셜티 시장에 브라질 커피가 입성하게 됐죠."

그의 말을 듣고 나는 감탄했다. 이 세상에 브라질 농부들만큼 현명한 사람들이 있을까? 그들의 믿음과 결집력 그리고 앞선 예견력이 결국 오늘날의 브라질 스페셜티 시장을 만들었던 것이다.

끊임없는 호세 씨의 실험정신

호세 씨를 만난 후로 나는 매년 수확기에 한 번, 커핑하러 한 번, 1년에 두 차례 그의 농장을 방문하고 있다. 그때마다 그는 새로운 것을 나에게 보여주는데, 작년에 그의 농장을 찾았을 때는 커피 가공시설 옆에 있던 새로운 기계를 구경시켜주었다.

"미스 리, 이건 체리 색도계예요!"

"체리 색도계요?"

"미스 리도 알다시피 브라질은 내추럴 가공을 많이 하잖아요. 그런데 체리째로 말리다보니 품질이 많이 떨어지죠. 체리 선별도 워시드만큼 할 수 없고요. 따서 바로 말리기 때문에 사람 손으로 일일이 골라내지 않으면 익은 것과 익지 않은 것을 구별해내기가 힘들어요. 그러다보니 품질도 많이 떨어지고요."

"그런 문제가 있죠. 사실 내추럴 가공도 잘 익은 체리로만 하면 좀더 고품질 커피가 나올 수 있는데 저도 늘 그게 안타까웠어요."

호세 씨가 만든 체리 색도계

"맞아요! 그래서 늘 체리 색도계가 있었으면 좋겠다고 생각했거든요. 그런 얘기를 기계를 제작하는 회사에 있는 친구에게 했더니 만들 수 있을 것 같다는 거예요. 이게 바로 시험적으로 제작한 건데 성능이 아주 좋아요!"

그는 기계를 보여주며 연신 싱글벙글이었다.

손으로 일일이 체리를 따는 곳에서는 체리 색도계가 따로 필요없겠지만, 기계 수확이나 스트리핑stripping, 한 번에 모든 체리를 훑어서 수확하는 방법을 하는 브라질에서는 꽤나 유용할 것 같았다. 가만히 서서 기계가 움직이는 것을 보니 정말로 익은 체리와 익지 않은 체리가 정확하게 나눠지고 있었다.

원리는 간단했다. 로스터기처럼 생긴 기계 안에 수확한 체리들을 집어 넣으면 통 안에 미세하게 나 있는 구멍에서 체리를 잡아당긴다. 그러면 구멍 안에서 순간적으로 색을 구분해서 두 갈래의 구멍으로 나눠 배출시킨다. 체리는 기계 안에서 익은 것과 익지 않은 것으로 정확하게 나뉘고 있었다.

또 올해 그의 농장을 찾았을 때는 일명 '수분 제거기'라고 부르는 기계를 보여주기도 했다. 이 기계는 커피를 건조할 때 체리나 파치먼트 표면에 있는 물기를 제거하기 위해 고안된 것이라고 했다. 형태가 탈수기와 꼭 닮았는데 커피를 안에 넣고 작동시키면 탈수기처럼 통이 돌아가면서 원심력으로 표면에 붙어 있는 물기를 제거한다. 이렇게 미리 물기를 제거하면 파티오에서 말리는 시간도 절약할 수 있고, 파티오 바닥에 물기가 스며드는 것도 방지할 수 있어 건조가 한결 수월해진다는 것이다. 이처럼 그는 고품질 커피 생산에 필요한 무언가를 늘 새롭게 연구하고 있었다.

호세 씨를 통해 나는 브라질 커피는 저품질이라는 편협한 시각을 바로잡을 수 있었다. 또 그를 만날 때마다 항상 새로운 것을 배우고 깨닫게 된다. 늘 새로운 것에 도전하는 열정적인 모습을 보면서 게으른 나 자신이 한없이 부끄러워지기도 한다. 커피업에 종사한 지 36년이 넘은 그에게도 아직 배워야 할 것이 있다면 이제 겨우 6년차인 나에게는 배울 것이 얼마나 많겠는가. 이것이 내가 호세 씨를 통해 깨달은 가장 큰 깨달음이자 오늘도 산지로 향하는 이유다.

세계 제1의 커피 생산국,
브라질

브라질에서 생산하는 커피는 연간 약 4,500만 백으로(60kg기준) 아라비카와 로부스타를 합쳐 전 세계 생산량의 약 35%를 차지한다. 브라질에 커피가 처음 재배된 곳은 북부 지방이지만 리우 데 자네이루Rio de Janeiro에 대규모 생산 농장이 만들어지면서 남동쪽 산맥을 따라 커피 재배지가 급속하게 확산되었다.

　대부분의 커피 산지처럼 브라질 역시 포르투갈의 식민지배를 받으면서 커피를 재배하게 된다. 1727년 팔레타Francisco de Melo Palheta라는 장교가 프랑스령 가이아나의 총독 부인에게서 얻은 커피 씨앗이 브라질에 전파되면서 사탕수수와 함께 본격적인 커피 재배가 시작된다. 그 후 독립하면서 사탕수수보다는 커피 재배가 활발해졌고, 노예제도가 폐지되자 유럽에서 많은 이주민들이 건너오면서 이들이 커피 농장을 정착시키는 데 큰 몫을 하게 된다. 이주민들은 적극적으로 농장을 개척했고, 해방된 흑인 노예들도 커피 농장에서 일한 경험을 살려 농장 노동자로 일하게 되면서 오늘날의 브라질 커피 생산의 바탕이 만들어지게 된 것이다.

　브라질 커피는 전체 생산량의 80%가 아라비카이고, 주로 남동쪽의 고원지대를 중심으로 재배되고 있다. 미나스 제라이스, 상파울로San Paulo, 에스프리토 산토Espirito Santo, 파라나Parana, 바이아, 론도니아Rondonia, 리우 데 자네이루가 브라질 내에서 커피 존으로 나뉘는 7개 주다. 이 가운데 론도니아는 로부스타 재배지로, 연간 약 2백만 백의 로부스타 커피가 이곳에서 재배된다. 리우 데 자네이루는 대규모 커피 농장이 시작된 곳이기는 하지만, 현재는 다른 지역에 비해 생산량이 극히 적어서 커피 산지로서의 이미지는 점점 퇴색하고 있다.

미나스 제라이스는 브라질 커피 생산의 51%, 연간 약 2,500만 백의 커피를 생산하는 대규모 커피 재배지다. 마치 커피 재배를 위해 처음부터 그렇게 만들어진 것처럼 매우 적합한 기후와 지형을 갖추고 있고, 주 전체에서 커피가 난다고 해도 과언이 아닐 만큼 대부분의 브라질 커피 농장들이 이곳에 집중되어 있다. 미나스 제라이스는 사우스 미나스South Minas Gerais, 세라도Cerrado Mineiro, 샤파다Chapada de Minas, 마타스Matas de Minas의 4개 지역으로 나눌 수 있는데, 이 4개 지역에서 나는 커피들은 품질이 확연히 다르다.

사우스 미나스는 연평균 섭씨 18~20도를 유지하는 온난한 기후에 해발 고도는 1,400m로 브라질에서는 제법 고지대에 속한다. 이런 지형 때문에 이 지역에서 스페셜티 커피가 많이 나온다. 특히 최근 까르모데 미나스 농장들이 COE에 많이 입상해 주목받고 있다. 사우스 미나스의 커피는 단맛이 풍부하고 산미가 좋으며 캐러멜, 초콜릿, 아몬드 등의 고소한 풍미를 가지고 있다.

세라도는 처음부터 커피를 재배했던 곳은 아니다. 1960~70년 사이에 서리를 피해 파라나 지역에서 이주한 농부들이 이곳에 커피를 심은 것이 커피 재배의 시작이다. 이곳은 땅이 매우 척박하고 건조해서 농부들은 이곳이 커피 재배에 적당하지 않다는 사실을 곧 알게 된다. 그러나 그들은 포기하지 않고 관개시설을 만들고 커피 재배에 적당한 토질을 만들기 시작한다. 이런 노력 덕분으로 세라도에도 대규모 커피 농사가 가능해졌다.

마타스와 샤파다는 미나스 제라이스의 다른 지역에 비해 커피 재배는

미나스 제라이스 지역의 농장. 수확한 체리를 운송하고 있다

늦었지만 펄프드 내추럴 가공을 시작하면서 스페셜티 커피 재배지로 급부상했다. 이 지역에 생산되는 대부분의 커피는 일본과 유럽 그리고 미국 시장으로 팔려 나간다.

'브라질 산토스' 커피는 전 세계적으로 유명한 브라질의 대표 커머셜 커피다. 이런 이름을 얻게 된 것은 커피가 브라질 산토스항을 통해 수출되기 때문인데 이 항구가 있는 곳이 바로 상파울로다. 상파울로주의 커피 재배지는 모지아나 Mogiana&High Mogiana 지역과 센트럴 웨스턴 Central Western 으로 나뉘는데, 이 두 지역 모두 스페셜티 커피가 생산되는 곳으로 주목을 받고 있다. 특히 상파울로는 해발 고도가 2,000m에 달하는 고지대로 커피 재배에 아주 유리한 조건을 가지고 있다. 그래서 커피의 풍미도 브라질 커피에서 찾기 힘든 가벼운 산미를 가지고 있는 게 특징이다.

에스프리토 산토는 로부스타와 아라비카를 함께 재배하고 있다. 면적은 브라질에서 가장 작지만 전체 커피 생산량의 22%를 차지하고 있어 미나스 제라이스 다음으로 중요한 커피 생산지이다. 이탈리아 이주민들에 의해 커피가 재배되기 시작했고 고지대에서는 아라비카를, 저지대에서는 로부스타를 기른다.

파라나는 1960년대에 커피 생산량이 2,400만 백에 이르렀던 곳으로 당시 전 세계에서 단독으로 가장 많은 커피를 생산하는 곳으로도 유명했다. 브라질의 어느 주보다도 비옥한 토질과 온화한 기온을 가지고 있으나 지표에서 올라오는 서리로 커피 농사가 그리 수월하게만 진행된 것은 아니다. 이 문제를 해결하기 위해 나무를 촘촘하게 심는 등 해결책을 찾고 있으며 가족 단위로 운영되는 농장이 많다.

마지막으로 바이아. 지난 10년간 브라질 커피 역사에 가장 많은 화제와 기록을 만들어낸 곳이 바로 바이아 지역이다. 커피 품질의 향상은 물론 농법 개선에 있어서도 새로운 시도와 변화를 만들어낸 곳으로 당연히 스페셜티 생산도 급증하고 있다. 아라비카와 일부 로부스타를 재배하는데 대표적인 아라비카 재배지는 바이아 플라테Bahia Plateau와 세라도Cerrado baiano and west 지역이다.

플라테 지역의 농부들은 세심한 체리 선별 작업과 펄프드 내추럴 가공 방식으로 스페셜티 바이어들이 열광하는 고품질 커피를 생산하고 있다. 또 세라도 지역은 최근 10년 동안 대규모 농장들이 만들어진 곳으로 다른 지역에 비해 매우 건조하고 토질 역시 모래 성분이 많은 사토砂土로 이루어져 있다. 커피 재배가 쉽지 않은 곳이지만, 대규모 관개시설과 토질 개선 작업으로 거대 농장들이 자리 잡기 시작했다. 언젠가 이 지역을 방문했을 때 관개시설을 볼 기회가 있었는데 그 규모와 설비가 상상을 초월할 정도였다. 마치 거대한 비행기의 날개가 커피나무 위를 서서히 돌고 있는 듯했다.

바이아에서 로부스타를 생산하는 아틀란티코Atlantico Baiano는 바이아 남쪽에 위치한 곳으로, 다른 지역과는 달리 로부스타 커피도 아라비카처럼 펄프드 내추럴과 워시드 방식으로 가공하고 있다.

바이아 지역의 펄프드 내추럴 가공과 펄프드 내추럴 파치먼트

기계를 이용해 수확하고 건조하는 브라질 커피

브라질 커피에 한 수 배우다

브라질은 농장의 규모가 광대하다보니 사람 손으로 농사를 짓는다는 것이 현실적으로 불가능하다. 더욱이 그 많은 양의 커피를 두세 달 안에 전부 수확해서 가공까지 해야 하는 사정을 감안하면 기계를 이용한 수확과 건조가 불가피하다.

나는 한동안 이런 브라질 커피의 대량생산 방식에 대해 오해를 품고 있었다. 이렇게 기계로 대량으로 재배하고 수확하는 방식이 커피 품질에는 치명적일 거라고 생각한 것이다. 사람 손을 거치지 않고 기계로 수확을 하면 익은 체리와 익지 않은 체리가 마구 뒤섞일 테고 품질도 당연히 떨어지지 않을까 싶었다. 건조 역시 햇볕에 서서히 말리는 것과 기계에 넣고 단숨에 말리는 것은 분명 차이가 있을 거라고 생각했다. 이를테면 볕에 정성껏 말린 우리나라의 태양초가 기계로 말린 일반 고추보다 품질이 뛰어난 것과 비슷하다고나 할까. 그래서 브라질에 직접 가보기 전에는 아무리 농부들이 그렇지 않다고 설명을 해도 믿으려 하지 않았다.

사실 브라질 커피에 대한 이런 오해가 깊어진 것은 내가 맛본 브라질 커피들 때문이기도 한데, 브라질 커피는 커핑을 해보면 늘 중간 정도거나 그 이하의 맛이었다. 당시 나는 국내에서 구할 수 있는 브라질 커피란 커피는 모두 구해서 커핑을 했는데 모두 다른 산지의 커피보다 품질이 낮았다. 그래서 마음속으로 '그럼 그렇지' 하는 생각을 늘 품고 있었던 것이다. 그러나 나의 이런 오해는 브라질을 직접 방문하고 2009년 브라질 COE 대회에 가게 되면서 180도 바뀌었다. 그간의 오해는 모두 우리나라에 유통되는 브라질 커피의 낮은 질 때문이었던 것이다. 브라질 현지에서 맛본 커피들은 밋밋하기는커녕 어느 나라 커피와 견주어도 뒤지지 않는 훌륭한 맛과 품질을 가지고 있었다.

브라질 커피하면 떠오르는 단어는 '기계 수확' '내추럴 가공' '기계 건조' 등이다. 그리고 실제로 브라질 농장에 가봐도 이 세 단어를 가장 많이 듣게 된다. 브라질은 일단 농장의 규모가 다른 나라에 비해 굉장히 크다. 또 농장들이 고도는 높지만 대부분 평지에 있어서 기계 수확에 유리하다. 물론 핸드 픽^{hand pick}이 없는 것은 아니다. 다만 다른 산지처럼 잘 익은 체리를 사람 손으로 한 개 한 개 직접 따는 것이 아니라 가지를 훑는 스트리핑 방식이라는 점이 다르다. 이렇게 하면 너무 많이 익은 체리부터 덜 익은 체리, 심지어 커피 잎까지 모든 것이 섞이게 된다. 기계 수확도 마찬가지로 기계가 나무를 훑다보니 모두 한꺼번에 섞인다. 그래서 직접 보기 전에는 기계로 수확한 커피가 손으로 직접 딴 것보다 품질이 떨어질 거라고 짐작했었다. 그러나 브라질의 기계 수확을 직접 보고 내가 미처 모르고 있던 한 가지 사실을 알게 되었다. 기계로 수확하든 사람 손으로 직접 따든 수확한 체리를 어떻게 분류할 것인가에 따라 커피의 품질이 달라진다는 점이다. 브라질은 내가 보아온 그 어느 산지보다도 체리 분류에 많은 공을 들이고 있었다.

커피 수확 기계도 단순히 커피를 털어내는 것이 아니라 섬세하고 정교하게 작동하고 있었다. 마치 자동 세차장의 세차 기계처럼 커피나무를 에워싸고 기계가 앞으로 움직이면서 안에 달려 있는 막대들이 커피나무에 진동을 준다. 이 막대의 회전속도와 강도를 조절할 수 있기 때문에 덜 익은 체리는 나무에 그대로 붙어 있고 잘 익은 것들만 딸 수 있는 것이다. 물론 이 과정에서 잎사귀도 떨어지고 덜 익은 커피도 섞인다. 그러나 이렇게 섞인 체리들은 본격적인 가공에 들어가기 전에 또 한 번 엄격한 분리 과정을 거친다. 물을 이용한 비중 선별은 물론이고 펄핑을 하는 동안에도 여러 차례 선별 과정을 거친다. 나는 방문한 농장에서 적게는 5단계에서 많게는 7단계까지 이 작업을 하는 것을 보았다.

혹시 기계가 커피나무를 털면서 나무가 상하지는 않을까 하는 생각도 하게 되는데, 가지를 훑는 부분을 지정할 수 있기 때문에 그런 일은 없다. 예를 들면, 커피나무의 본 기둥에서 어느 정도 거리에 있는 체리만 딸 것인가를 미리 조절해서 새순이 나는 어린잎들은 건드리지 않도록 하는 식이다. 보통 커피나무는 한 번 꽃이 피고 열매가 열리면 같은 자리에는 더 이상 열매가 열리지 않는다. 그렇기 때문에 새순만 잘 보호하면 커피나무 자체에 크게 영향을 미치지는 않는다. 다음 해에는 올해 커피가 열렸던 자리가 아니라 가지가 자란 부분에서 꽃이 핀 후 열매가 열리기 때문이다.

커피는 가공시기를 놓치면 제아무리 좋은 체리라고 하더라도 그 맛과 향을 제대로 낼 수가 없다. 그래서 수확 후 즉시 가공하는 것이 고품질 커피를 위한 기본 공식처럼 되어 있다. 커피 체리의 과육은 따는 즉시 변질되고, 적정 시기에 따지 않으면 커피 자체가 지니고 있는 맛과 향이 달라지기 때문이다. 예를 들어 따는 시기를 놓쳐서 말라버린 체리와 익지 않은 것을 섬세하게 골라내지 않으면 이 몇 알이 결과적으로 커피 전체의 풍미를 크게 상하게 한다. 그래서 적당한 시기에 커피를 수확하는 것이 질 좋은 커피를 만드는 첫번째 조건이다.

또 커피나무는 한 가지에서도 꽃이 피는 시기가 다 다르다. 당연히 열매도 동시에 열리지 않아서 같은 가지에 익은 것과 익지 않은 것이 한꺼번에 달려 있게 된다. 이렇다보니 농부들 입장에서는 적정 수확 시기를 가늠하는 것이 참으로 어렵다. 혹 개화 시기가 일정해서 체리가 동시에 익었다고 해도 숙성되는 기간이 다르다. 가지 끝인지 중간인지에 따라, 밑에 있는 가지인지 위에 있는 가지인지에 따라 확연히 다르다. 그렇기 때문에 수확에 필요한 인력과 생산 효율성을 감안하면 체리가 익을 때마다 수확하기란 현실적으로 어렵다. 또 파티오에서 한꺼번에 수확되는 커피를 동시에 말리는 것도 불가능하다. 그렇기 때문에 브라질처럼 넓은 농장에서 나는 많은 양의 커피를 한꺼번에 수확하고 가공까지 하려면 기계를 사용하는 깃 외에는 방법이 없는 것이다.

브라질 농부들은 수확뿐 아니라 건조 과정에도 기계를 사용한다. 우리가 기계 건조에 부정적인 이미지를 가지고 있는 것은 높은 온도에서 빨리 말린다고 생각하기 때문이다. 실제로 대부분의 커머셜 커피들은 생산량을 늘리기 위해 이렇게 한다. 이렇게 높은 온도로 빨리 건조시키면 커피의 수분이 증발해 맛과 향이 떨어지게 된다. 그러나 브라질 농부들의 기계 건조 방법은 달랐다. 그들은 일단 햇볕에서 수분을 일부 말린 후(대개 22~25%까지 햇볕에 건조한다) 기계로 옮긴다. 기계의 온도도 햇볕이 파티오에 떨어지는 온도를 측정해 거기에 맞춘다. 보통 섭씨 40도 전후가 된다. 건조 마지막 단계에서는 매우 미세한 열이나 달구어진 기계의 남은 열로 마무리한다. 그래서 때로는 햇볕에 건조하는 것보다 기계 건조가 비용과 시간이 많이 들기도 한다. 그렇다 하더라도 한꺼번에 많은 양을 말릴 수 있고 파티오를 설치하는 것보다는 기계를 사용하는 것이 효율적이기 때문에 이런 방식을 선호한다고 한다.

내가 만난 브라질 농부들은 자신들에게 주어진 환경을 정확하게 파악하고 있을 뿐만 아니라 그 한계까지 잘 알고 있었다. 그리고 그 속에서 어떻게 질 좋은 커피를 생산해낼 수 있을지 거듭 고민하고 있었다. 과거와는 달리 이제 브라질도 커피의 세심한 품질에 대해 고민하고 생산의 효율성에 대해 고민하고 있었던 것이다. 그러나 나는 그들의 상상을 초월하는 노력과 세심함을 모르고 있었다. 그래서 브라질 커피는 품질이 나쁘다는 오해를 품고 있었던 것이다.

2009년 브라질 COE 대회에 참여하면서 나는 좁은 식견과 경험 부족을 깊이 반성하게 되었다. 그때 내가 만났던 커피들은 내가 익히 알고 있던 브라질 커피가 아니었다. 품질은 물론이요, 각 샘플들이 가지고 있는 풍미가 다른 어떤 산지와 비교해도 결코 뒤지지 않는 고품격 스페셜티 커피들이었다. 그래서 그때부터 커피에 대해 진심으로 이해하고자 하는 사람이라면 반드시 브라질을 다녀와야 한다는 생각을 하게 되었다. 그만큼 브라질은 나에게 많은 가르침을 준 나라였다.

COLOMBIA

콜롬비아의 수도 보고타에 도착한 것은 늦은 오후였다. 이곳에서 나는 아주 기이한 경험을 하게 되었는데 해발 고도 때문이었다. 저녁을 먹으면서 가볍게 와인을 한 잔 마셨는데 잔을 채 비우기도 전에 심한 어지럼증과 구토 증상을 느꼈다. 급기야 체온이 떨어지면서 마치 저혈압 증세처럼 호흡곤란이 왔다. 보고타는 해발 약 2,600m에 위치한 고지대여서 이곳에 발을 디딘 사람이면 누구나 일종의 호흡곤란 증세를 겪곤 하는데 기압에 익숙지 않은 상태에서 마신 와인이 몸에 독이 되었던 것이다. 정말로 실감나게 고지대의 위력을 느끼면서 나는 콜롬비아 커피에 대한 기대감에 부풀었다. 이 고지대의 위력이 나에게는 위험한 상황을 불러왔지만 커피 품질에 있어서는 더할 나위 없는 좋은 조건이기 때문이다.

메들린의 남다른
콜롬비아 커피 사랑

메들린은 30세의 콜롬비아 여성이다. 이목구비가 뚜렷하고 눈이 왕방울만한 데다 남미 사람답게 화려한 의상을 좋아하는 그녀를 보고 나는 사람들이 왜 남미에 미인이 많다고 하는지 비로소 이해할 수 있었다. 그녀는 내가 만난 산지 사람들 가운데 나이는 가장 어리지만 커피에 대한 애정만큼은 누구에게도 뒤지지 않는 아가씨였다. 나는 이때껏 그녀만큼 자국의 커피에 강한 자부심을 가지고 그 애정을 당당하게 표현하는 사람을 만나본 적이 없다. 그만큼 메들린의 콜롬비아 커피 사랑은 정말 남달랐다.

메들린은 콜롬비아 커피생산자연합FNC, Federacion Nacional de Cafeteros de Colombia 내의 알마 카페Alma cafe에서 일한다. FNC 내에 커피 품질을 관장하는 곳이 바로 그녀가 일하고 있는 알마 카페다. 이곳에서는 수출되는 콜롬비아의 모든 커피를 커핑해서 평가한다. 만약 커피가 정해진 기준 이상이 되지 못하면 수출에 필요한 서류를 발행하지 않기 때문에 알마 카페의 역할은 매우 크다. 특히 메들린은 알마 카페에서 스페셜티 커피를 찾아내서 바이어들에게 적극적으로 알리는 일을 하고 있었는데 그래서인지 그녀의 커핑 실력도 남달랐다.

언젠가 메들린과 함께 알마 카페에서 하루 종일 커핑을 한 적이 있는데 그 때 나는 그녀의 실력에 정말로 감탄했다. 준비된 커피 샘플들은 FNC 소속 커퍼들에 의해 1차적으로 선별된 것들이라 크게 흠잡을 만한 점이 없었다. 그런데도 메들린과 다른 콜롬비아 커퍼들은 매우 세밀하고 날카롭게 커피 의 품질을 지적했다.

"1번 커피는 산미가 매우 낮아요. 이런 커피는 보통 스페셜티 바이어들 의 흥미를 끌지 못하죠. 산이 모자라면 커피가 무거워지는 느낌이 드는 게 사실이니까요. 사실 콜롬비아 워시드 마일드 커피에서는 이렇게 낮은 산미 를 찾기 힘들어요. 하지만 이 커피는 묵직한 풀 바디를 가지고 있네요. 그래 서 섣불리 스페셜티 커피다, 아니다라고 판단할 수는 없어요."

메들린은 잠시 고민을 하는 듯하더니 거침없이 말을 이었다.

“콜롬비아 커피는 보통 안데스산맥을 끼고 있어서 고산지대 커피가 많고 워시드로 가공되다보니 산미가 높아지기 마련이에요. 그런데 이 커피는 그런 일반적인 콜롬비아 커피가 아니에요. 북쪽에서 온 커피인 것 같아요. 북쪽에서 재배된 커피들은 고도는 낮고 기온이 높은 지역에서 자라다보니 이런 특징들이 있어요. 또 적도에 가깝기 때문에 강한 햇볕에 커피나무가 오래 노출되기도 해서 이런 특징들이 나타나죠. 다시 한번 커핑을 해봐야겠어요.”

메들린의 설명은 막힘이 없었다. 그녀는 지도를 펼치고 일일이 손가락으로 짚어가며 지역적 특징까지 자세히 설명했다. 마냥 어려 보이는 그녀에게서 그런 얘기가 술술 나오는 것을 보고 나는 입이 딱 벌어졌다.

그뿐만이 아니다. 그녀는 농장을 방문해서도 커피 농법에 대해 농부들과 막힘없이 대화를 나누곤 했다. 한번은 커피나무 잎이 누렇게 변해가는 녹병 때문에 고생하고 있는 농장주에게 조언하는 것을 들은 적이 있는데 그때도 그녀의 설명은 거침이 없었다.

“병충해가 돌아도 그렇게 나무를 함부로 베어버리면 안 돼요. 다음 해를 생각해야죠. 올해 유독 비가 많이 내려 땅에서 습기가 많이 올라오고 자꾸 커피나무에 병이 생기는데 잘 돌보면 회복될 수도 있어요. 그러니까 서두르지 마세요. 나무를 자르는 것보다 나무 스스로 병을 이겨낼 수 있게 토질 관리에 좀더 신경 쓰는 게 중요해요. 약 주는 것을 줄이고 땅에 영양분을 더 많이 공급해보세요.”

그녀의 설명을 들으며 나는 속으로 다시 한번 깜짝 놀랐다.

메들린은 본인이 경험만으로 따지면 농부들에게 뒤처진다는 것을 잘 알고 있었다. 그래서 경험 대신 여러 가지 연구와 실험에서 얻는 지식들을 쌓아서 도움이 필요한 농부들에게 전해주고 있었다. 그녀는 한 달에 평균 두 번 정도는 여러 지역의 농장을 방문하고 있었는데, 이런 농장 방문과 농부들과의 대화, 다양한 지식 등을 바탕으로 그녀는 커피 전문가가 되어가고 있었다.

농민을 위한 단체 FNC

메들린이 속해 있는 FNC는 콜롬비아 커피에서 빼놓을 수 없는 단체다. 1927년에 시작된 이 단체는 비영리 기구로 커피 농사에 종사하는 콜롬비아 농부들의 권익을 보호하고 농부들 스스로 가치 있는 삶을 살아갈 수 있는 환경을 만들기 위해 노력하고 있다. 콜롬비아에서 공식적으로 커피를 재배하는 농부는 약 55만 명에 달하고 FNC의 회원도 55만 명이다. 즉, 모든 콜롬비아 농부가 FNC의 회원인 셈이다. 그래서 FNC는 농업관련 NGO 단체 중 가장 큰 단체로 기록되어 있다. 이렇게 규모가 크다보니 메들린처럼 농부들을 지원하기 위해 FNC에 근무하는 근로자만 해도 2,600명이 넘는다.

처음 FNC가 조직된 것은 요동치는 커피 가격 때문이었다고 한다. 올해에는 기대 이상의 높은 가격으로 판매되었던 커피가 그다음 해에는 폭락하는 일이 반복되면서 농부들은 커피 농사로 안정된 가계를 꾸려가기 위해 FNC라는 단체를 만들게 된다. 공동의 어려움을 해결하기 위해 자발적으로 만들어진 단체이자 비영리 기구. 이 두 가지 특징은 FNC가 80년이 지난 지금까지도 건재할 수 있었던 밑바탕이 되었다. 특히 자금 대출 시스템은 FNC가 펼치고 있는 여러 가지 사업 가운데서도 농부들에게 가장 환영받고 있는 사업이다.

FNC는 콜롬비아 커피 재배 지역마다 사무소를 두고 농부들과 긴밀한 관계를 유지하고 있다. 메들린과 함께 훌리아Hulia 지역을 방문하던 중 나는 아주 인상적인 장면을 목격하게 되었다.

어떤 아주머니가 사무소에서 직원과 이야기를 나누고 있었다. 그런데 갑자기 그 아주머니가 직원의 손을 덥석 잡더니 환하게 웃는 것이 아닌가. 잠시 후 아주머니는 내 옆에 와서 앉더니 주머니에서 주민등록증 같은 것을 꺼내 보여주었다.

"참 좋아요. 여기요. 이거 보여요?"

아주머니가 들고 있는 것은 FNC 회원증이었다. 아주머니는 환하게 웃

으며 말을 이었다.

"이걸로 돈이 나오는 거예요. 이게 우리를 살게 해줘, 이게."

내가 도대체 무슨 소린가 싶어 어리둥절해하자 메들린이 자세한 설명을 해주었다.

"FNC가 조직되고 가장 먼저 해결하려고 했던 것이 돈이 없어 농사를 포기하거나 돈 때문에 커피를 싸게 파는 일이 없도록 하자는 거였어요. 그래서 농부들에게 대출을 해주기 시작했죠. 그것도 제로 금리로요."

커피는 수확할 때까지만 버티면 돈이 되는 작물이고, 품질이 좋을수록 좋은 가격을 받을 수 있다. 그런데 문제는 대부분의 농가들이 커피 수확이 시작될 때까지 버틸 자금이 없다는 점이었다. 아이들 학비며 생활비가 필요하고 좋은 커피를 생산해내기 위해서 비료도 주고 가지치기도 해야 하는데 대부분의 농부들이 영세하다보니 그럴 돈이 없다. 그래서 농부들은 대규모 농장주들에게 돈을 빌리곤 했는데 이런 돈들은 금리가 매우 높고, 커피 가격이 폭락하기라도 하면 농장을 빼앗기는 일도 있었다. 콜롬비아가 세계 3

커피 종자와 농법에 관한 연구와 개발을 하고 거기에서 얻어지는 자료로 농민을 교육하는
Cenic café와 FNC 커핑실

위의 커피 생산국이라서 농장들도 브라질처럼 대규모일 거라고 생각하지만
실제로는 2헥타르 미만의 소규모 농가가 대부분이라고 한다. 대농장이라고
해봐야 5헥타르 이상의 규모인데 이들은 전체 농가의 5%도 채 안 된다는
것이다.

"농가 대부분이 영세하다보니 수확한 커피를 도매상인에게 헐값에 내
다 팔고, 양에만 신경 쓰다보니 품질이 떨어지고…… 이런 악순환이 반복
되던 것을 FNC가 해결한 거예요. 아까 아주머니가 가지고 있던 회원증은
FNC 내에서는 신분증과 같아요. 카드 안에 농장의 규모와 커피나무의 수,
수확하는 양까지 정확히 기록되어 있죠. 그래서 카드에 기록된 자료들을 바

탕으로 대출 규모가 결정되요."

"그럼 그렇게 빌린 돈은 어떻게 갚나요?"

"도매상인에게 팔아서 돈으로 갚거나 커피로 갚을 수 있어요."

"커피로 직접 갚는다고요?"

"네. FNC는 커피 가공과 제조 시설, 판매 시설까지 가지고 있거든요. 그래서 커피로 되갚아도 돼요. 물론 일부는 돈으로 일부는 커피로 갚는 것도 가능하고요."

정말 귀가 번쩍 뜨일 만한 시스템이었다. 제로 금리인데다 필요할 때마다 돈을 빌릴 수 있고 수확한 커피로 돈을 갚을 수도 있다니! 지금껏 내가 보아온 제도 가운데 가장 농민의 입장에서 이루어지고 있는 시스템이 아닌가 싶었다. 그런데 제로 금리라면 부담이 클 텐데 FNC는 대체 어디서 그 돈을 마련한 것일까? 새로운 궁금증이 생겼다. 메들린은 명쾌하게 내 궁금증을 해결해주었다.

"비영리 기구라고 해서 수익사업을 하지 않는 게 아니에요. 돈 대신 받은 농민들의 커피로 인스턴트커피를 제조하기도 하고, 후안 발데즈 커피숍도 운영하기도 하거든요. 물론 이렇게 번 돈은 다시 회원들에게 돌려주죠. 내가 일하는 알마 카페에서는 미스 리 같은 스페셜티 바이어들에게 커피를 선별해서 보내는 일을 해요. 전문가의 엄격한 커핑으로 품질을 구분하고 적합한 가격을 제시함으로써 농부들의 권익을 보호하는 거죠. 그래서 전 FNC에서 일하는 게 정말 자랑스러워요. 보세요. 농민들을 직접 도울 수 있잖아요. 더 대단한 건 우리가 초심을 잃지 않고 이 일을 80년간 해왔다는 거예요. 바로 콜롬비아 커피를 위해서!"

메들린의 목소리는 자긍심으로 가득했다. 그녀는 처음 나를 만났을 때부터 자신은 콜롬비아를 사랑하고, 커피를 사랑하고, 특히 콜롬비아 커피를 사랑한다고 입버릇처럼 말했는데 그건 정말 그녀의 진심이었다.

워시드 가공에 대해 설전을 벌이다

나는 콜롬비아 커피는 왜 항상 워시드로만 가공하는가 하는 의문을 늘 품어왔다. 워시드 가공을 해왔던 나라들도 이제는 더 나은 품질과 새로운 커피를 만들어내기 위해 내추럴이나 펄프드 내추럴 등 새로운 가공법을 시도하고 있는데 콜롬비아만 유독 옛 방식을 고집하는 것이 내심 답답했던 것이다.

한번은 이런 얘기를 나누던 중 본의 아니게 메들린을 서운하게 만든 적도 있다.

"메들린, 수출되는 콜롬비아 커피는 100% 워시드로 가공되잖아요. 워시드가 다른 가공법에 비해 평균적인 품질이 좋다는 것은 알겠는데 왜 다른 가공법은 전혀 시도하지 않는 거죠? 다른 나라들은 다양한 가공법을 시도하면서 더 좋은 커피들을 만들어내고 있는데 말이죠. 나는 콜롬비아 농부들이 너무 진부하게 과거에 머물러 있는 것은 아닌가 하는 생각이 들어요. 남들은 새로운 것들을 시도하고 저만큼 가 있는데 왜 여기 농부들은 시도조차 하지 않는 건가요?"

"미스 리! 그렇지 않아요. 우리 농부들은 진부하지 않아요. 다만 고품질 커피를 만들려고 그러는 것뿐이에요. 내추럴과 펄프드 내추럴은 우리 콜롬비아에는 맞지 않아요. 그건 커피의 품질을 떨어뜨리고 그동안 우리가 쌓아온 콜롬비아 커피의 격을 떨어뜨리는 일이 될 거라고요!"

메들린은 목에 핏줄을 세우고 거의 소리치고 있었다. 나는 이런 그녀의 태도에 조금 놀라고 당황했다. 콜롬비아 농부들이 진부하다고 헐뜯은 것이 아니라 새로운 것에 끊임없이 도전해야 스페셜티 커피 시장에서 살아남을 수 있다는 말을 하고 싶었던 것인데 메들린 귀에는 마치 내가 농부들이 진부하다고 한 것처럼 들린 모양이었다.

메들린의 말처럼 내추럴과 펄프드 내추럴은 비가 많이 오는 콜롬비아에는 적합하지 않을지도 모른다. 커피가 잘 마르지 않기 때문에 마르면서 과발효가 될 가능성이 크고, 특히 콜롬비아에서는 과발효취가 나는 것을 매우 심각한 디펙트로 보고 있기도 하다. 그래서 농부들이 시도조차 하지 않는 것일지도 모른다. 위험부담을 안고 시작했다가 혹 실패하면 커피가 팔리지 않을 가능성도 매우 높기 때문이다.

그러나 다른 산지에서도 처음부터 새로운 가공방식이 성공했던 것은 아니다. 그렇지만 그들은 그 실패를 딛고 다시 시도했고 그래서 결국 성공했다. 그들은 그렇게 다른 산지에서는 발견할 수 없는 새로운 커피를 만들어내고 있는 것이다. 그러나 콜롬비아 커피는 어떤가? 예전 방식 그대로 100% 워시드만을 고집하며 자신들의 커피가 품질이 뛰어나다고 주장하고 있다. 이렇게 스페셜티 커피 시장이 커지기 전에는 워시드가 다른 가공법에 비해 손이 많이 가는 가공법이어서 워시드는 곧 고품질로 인식되었다. 하지만 지금의 시장은 이 공식을 신뢰하지 않는다. 가공방식에 상관없이 커피 품질이 100%여야 스페셜티 커피로 인정받을 수 있다.

워시드로 가공하면 안정적으로, 깨끗하고 마일드한 커피를 만들 수 있다. 그러나 워시드는 내추럴과 펄프드 내추럴에 비해 커피의 깊은 풍미를 끌어내는 데 약하다. 그래서 나는 콜롬비아 커피도 가공방식을 달리하면 얼마든지 풍미가 깊어지고 더 좋아질 수 있는데 아예 시도조차 하지 않는 게 안타까웠던 것이다. 농부들과도 이런 이야기를 한 적이 있는데 메들린과 같은 말을 할 뿐이었다. 그들은 입을 모아 워시드가 아닌 다른 가공법은 커피 품질에 신경 쓰지 않는 나라에서나 쓰는 방식이라고 폄하했다. 나는 그런 그들을 보며 고품질 커피를 생산해내야 한다는 강한 의지가 오히려 새로운 것을 배척하게 만든 것은 아닌가 하는 생각이 들었다. 품질에 대한 확고한 믿음이 높고 단단한 벽을 만들어 결국 우물 안 개구리처럼 되어가는 것은 아닌지, 세상은 변하고 있는데 자신들이 만든 벽에 갇혀 앞으로 가야 할 길을 보지 못하고 있는 것은 아닌지 걱정이 되었던 것이다.

나는 메들린에게 다시 한번 이런 나의 의도를 설명해야 했지만 이 작은 해프닝에서도 그녀 마음속에 깊이 자리 잡고 있는 콜롬비아 커피에 대한 자긍심과 농부들에 대한 애정을 느낄 수 있었다.

Federación Nacional de
Cafeteros de Colombia

콜롬비아 커피의 상징, 후안 발데즈

메들린의 콜롬비아 커피 사랑은 아주 엉뚱한 곳에서도 느낄 수 있었는데, 그녀는 콜롬비아 커피의 상징적 캐릭터인 후안 발데즈를 열렬히 사랑하고 있었다. 후안 발데즈는 콜롬비아 커피를 홍보하기 위해 FNC가 만들어낸 가상의 인물이다. 가장 전형적인 콜롬비아 커피 농부의 이미지를 따서 후안 발데즈라는 이름을 붙이고 이것을 상표화해서 오랫동안 콜롬비아 커피의 홍보수단으로 사용해왔다. 그래서 콜롬비아 커피 하면 콧수염의 모자 쓴 아저씨의 모습이 자동적으로 연상되는지도 모르겠다.

콜롬비아는 후안 발데즈라는 가상의 인물과 비슷한 사람을 뽑아서 여러 마케팅에 이용하는데, 메들린은 이 후안 아저씨에 대한 자부심과 사랑도 남달랐다. 때때로 마치 자신의 오빠나 남자친구처럼 이야기하곤 해서 당황스러울 때도 있었다. 그런데 이런 후안 발데즈에 대한 사랑은 비단 메들린뿐만이 아니었다.

나는 딱 한 번 후안 발데즈를 실제로 본 일이 있다. 내가 참석했던 콜롬비아 COE 대회 시상식 현장에 그가 나타난 것이다. 그가 등장하자 시상식은 마치 유명 연예인이라도 나타난 것처럼 술렁거리기 시작했다. 그러더니 모두 일제히 일어나서 그가 입장하는 동안 박수를 치고 큰소리로 환호했다. 시상식 후에는 그와 사진을 찍기 위해 많은 이들이 줄지어 기다리기도 했다. 나 같은 외국인들은 오히려 심드렁한데 메들린과 콜롬비아 농부들은 그의 등장에 그야말로 열광하고 있었다. 그들에게는 후안 발데즈가 단순히 가상 캐릭터가 아니라 콜롬비아 커피를 전 세계에 알리고 인정받도록 해준 중요한 존재로 받들어지고 있는 것 같았다.

콜롬비아에서 메들린과 보낸 며칠은 신선한 기억으로 남아 있다. 메들린은 그저 직업이라서가 아니라 진심으로 커피를 사랑하고, 콜롬비아 커피에 대해 남다른 자부심이 있었다. 그리고 이 자부심이 커피를 생산하는 농부들에 대한 존경과 깊은 사랑으로 이어져 이들을 돕기 위해 어떤 일이라도

할 수 있다는 강한 의지를 보여주기도 했다.

　스페셜티 커피는 농부의 손에서 시작된다. 그러나 그 마지막은 메들린처럼 커피가 소비자에게 잘 전달될 수 있도록 도와주는 사람들에 의해 완성된다. 그런 의미에서 그녀는 농부들을 도와 특별한 커피를 완성해내는 콜롬비아의 진정한 스페셜 우먼이었다.

수프레모를
좋아하시나요?

콜롬비아 커피 하면 제일 먼저 생각나는 것은 아마도 '수프레모supremo'일 것이다. 콜롬비아 수프레모는 마치 하나의 브랜드처럼 알려져 있지만 사실은 커피의 종류가 아니라 등급의 하나로 수프레모라는 어감에서 느낄 수 있듯이 가장 높은 등급을 뜻한다.

콜롬비아 커피는 커피 크기에 따라 등급을 나눈다. 크기를 측정할 때는 생두의 지름이 기준이 되는데 이것을 스크린screen이라고 부른다. 1스크린은 약 0.04mm이고, 수프레모라는 이름은 스크린 사이즈가 17 이상인 커피에 붙여진다. 여기까지는 커피에 관심이 있는 사람이라면 누구나 알고 있는 사실이다. 그렇다면 수프레모 다음 등급은 무엇일까?

콜롬비아를 처음 방문했을 때 나는 이 커피 등급 때문에 적잖이 당황했다. 내가 알고 있던 것과 실제로 콜롬비아에서 사용하고 있는 등급이 달랐던 것이다. 어느 산지든 커피 수출에 필요한 등급을 가지고 있다. 그런데 산지마다 등급이 다 달라서 바이어들조차도 가끔 곤란한 경우를 당한다. 특히 커머셜 커피는 등급에 따라 커피의 가격이 달라지기 때문에 등급에 대해 정확히 알고 산지를 방문하는 것이 무엇보다 중요하다.

나는 평소 콜롬비아 커피에 대해서는 잘 알고 있다고 자부했다. 그런데 막상 그곳에 가보니 내가 지금껏 알고 있던 것과는 조금 달랐다. 콜롬비아 수프레모 다음 등급은 무엇일까? 이게 문제였다. 지금 책을 읽고 있는 독자 대부분이 엑셀소excelso를 떠올리지 않을까 싶다. 나도 그랬다. 그럴 수밖에 없는 게 지금까지 봐온 모든 책에 콜롬비아 커피 1등급은 수프레모이고, 그다음은 엑셀소라고 적혀 있었던 것이다.

나는 메들린과 FNC의 관계자와 함께 지역별 소규모 영농조합을 방문해서 수확을 막 끝낸 커피를 커핑하고 있었다. 그러다 우연히 커피 등급에 관한 이야기를 나누게 되었다. 나는 수프레모가 정말 커피 크기를 기준으로 정한 등급인지 알고 싶었다. 왜 유독 스크린 사이즈에만 기준을 두고 있는지가 궁금했던 것이다.

그러다가 나는 매우 의외의 이야기를 듣게 되었다.

"콜롬비아 커피는 수출 가능한 등급을 다섯 가지로 나눠요. 프리미엄premium, 수프레모, 엑스트라extra, 유러피언european, 그리고 UGQusually good quality. 이게 일단 사이즈에 의한 분류죠."

"그럼, 엑셀소는요? 엑셀소는 뭔가요?"

"엑셀소요? 그건 수출용 커피를 뜻하는 말인데요. 그러니까 프리미엄, 수프레모를 포함한 수출 가능한 모든 커피가 엑셀소예요. 등급이 아니고요."

나는 순간 내가 잘못 알아들었나 싶어 다시 한번 똑같은 질문을 했다.

"글쎄. 엑셀소는 등급이 아니라 수출 가능한 커피 모두를 칭하는 말이라니까요."

등급 이야기를 하고 있는데 갑자기 엑셀소가 뭐냐고 묻는 내가 황당했던 모양이다. 메들린은 눈을 동그랗게 뜨고 나를 쳐다보고 있었다.

커피 등급에 관한 오해들

콜롬비아 커피의 수출 기준은 스크린 사이즈이고, 이 사이즈에 의해 커피 등급이 나뉘고, 등급에 따라 가격이 달라진다. 프리미엄은 평균 스크린 사이즈 18, 수프레모는 17, 엑스트라는 16, 유러피언은 15, 그리고 UGQ는 14다. 커머셜 시장에서는 보통 큰 사이즈의 커피가 더 좋은 가격을 받는다. 사이즈가 크다고 해서 품질까지 좋은 것은 아니지만, 수출에 필요한 객관적인 등급이 필요하다보니 스크린 사이즈처럼 눈으로 확인할 수 있는 기준을 이용하는 것이다. 그래서 가끔은 품질과 눈으로 확인한 크기가 다른 경우도 생긴다. 예를 들면, 고산지대에서 자라는 커피들은 일교차가 크기 때문에 스크린 사이즈는 작다. 그래서 눈으로 보기에는 품질이 떨어지는 것처럼 보인다. 그렇다면 정말 이 커피들이 사이즈가 큰 커피보다 품질이 떨어질까? 그렇지 않다. 오히려 크기를 키우는 데 쓰는 영양분들이 체리로 모이고, 아침저녁으로 찬 기운 속에서 체리가 서서히 익기 때문에 맛과 향이 좋아질 가능성이 크다.

사실 콜롬비아도 커피 수출을 위한 등급 책정에 두 가지 기준을 가지고 있다. 하나가 스크린 사이즈이고, 다른 하나가 우리에게 잘 알려져 있지 않지만 디펙트 포인트 제도이다. 디펙트 포인트 제도는 2-10, 8-25, 5-60이라는 기준을 가지고 있는데, 이 기준은 커피 품질과 관련이 있다.

콜롬비아는 커피의 디펙트를 두 종류로 나눈다. 디펙트 1은 커피에 있어서는 안 될 심각한 결함으로 과발효된 콩, 곰팡이가 핀 콩, 벌레 먹은 콩 세 가지다. 나머지 깨진 콩이나 미성숙한 콩 같은 비교적 가벼운 결점두들은 디펙트 2로 분류한다.

그리고 이 기준에 따라 커피 한 자루에서 샘플 500g을 채취해서 디펙트를 골라낸 후 점수화한다. 8-25는 샘플 500g 중 디펙트 1에 속하는 커피가 8개 이하, 디펙트 2에 속하는 커피가 25개 이하인 커피라는 뜻이다. 당연히 2-10이 8-25보다 품질이 좋고 만들어내기 어렵다. 보통 수프레모의

경우, 8-25라는 기준을 지켜야 하지만 고객의 요청에 의해 그 기준이 바뀔 수도 있다. 또 5-60도 있을 수 있지만 8-25인 경우가 대부분이라고 한다.

메들린의 설명에 따르면 수프레모 아래 단계인 엑스트라 사이즈에서는 2-10을 만들기가 정말로 어렵다고 한다. 콩이 원래 부실했거나, 기후가 좋지 않았거나, 병충해를 입었거나 해서 크기가 작은 것이기 때문이다. 그러니까 같은 콜롬비아 수프레모라 해도 2-10인지 8-25인지에 따라서 품질이 확연하게 차이가 날 수 있는 것이고, 엑스트라 등급에서도 8-25인지 5-60인지에 따라서 품질의 차이가 난다. 이 사실을 듣기 전에 나는 콜롬비아 커피는 무조건 사이즈에 의해서만 공식 등급이 결정된다고 생각하고 있었던 것이다.

사실 커피 등급에 대한 오해는 우리가 지니고 있는 짧은 지식에서 비롯되는 경우가 많다. 케냐의 경우만 보더라도 보통 스크린 사이즈에 의한 AA와 AB만을 알고 있지만, 이 둘 사이에는 TT라는 등급도 존재한다. AA는 크기와 밀도 두 가지가 모두 최고 등급인 커피이고, TT는 크기가 AA와 같지만 밀도는 낮은 커피에 붙는 등급이다. AB는 AA보다 약간 크기가 작고 밀도도 낮은 등급의 커피에 붙여진다. 사실 케냐에서 TT 등급은 AA 등급보다 낮은 등급이기 때문에 커피 가격이 싸다. 그래서 악독한 수출업자는 AA와 TT를 섞어 AA로 속여 팔기도 한다는 말을 들었다. 크기가 똑같기 때문에 섞어놓아도 쉽게 구분이 되지 않는 것이다.

이렇듯 현지에 직접 가보고 확인하지 않으면 등급으로 인한 문제는 얼마든지 발생할 수 있다. 물론 대규모 커피가 한꺼번에 거래되는 커머셜 시장에서 이런 기준마저 없다면 커피 거래와 가격 결정에 큰 혼란이 생길 것이다. 그러나 커피를 선택할 때 등급만을 절대적인 기준으로 삼는다면 품질에서 실수를 범할 수도 있다. 특히 고품질 커피를 찾고 있다면 더욱 그렇다. 내 혀로 직접 맛보고 판단할 수 없다면 원하는 커피를 찾기란 거의 불가능하다.

올해는 콜롬비아에도 많은 한국 커피회사들이 방문했다는 소식을 접했다. 반가운 소식이다. 이렇게 산지를 찾는 사람들이 늘어난다는 것은 이제 우리 커피 시장도 품질에 대한 고민을 하기 시작했다는 뜻이기 때문이다. 산지를 찾으면서 질 좋은 커피를 접할 수 있는 좀더 넓은 기회를 얻을 수 있고, 그간 알고 있던 커피 지식의 한계를 깨닫고 잘못 알고 있던 정보를 바로잡을 수도 있다. 또 직접 맛을 보고 깨달아가면서 좋은 커피를 고를 수 있는 안목도 자연스럽게 높아진다. 이것이 커피를 하는 이들이 산지를 찾아가야 하는 가장 큰 이유다.

일 년 내내
커피를 수출하는 나라

콜롬비아 커피는 커머셜이든 스페셜티든 등급을 가리지 않고 유명하다. 오래전부터 국가적으로 펼쳐온 품질 개량 정책과 독창적이고 꾸준한 마케팅은 커피 하면 콜롬비아 커피라는 인식을 시장에 심어놓았다. 그래서 콜롬비아 수프레모는 커피를 좋아하는 사람이라면 누구에게나 익숙한 이름이 되었고, 모자 쓴 콧수염 아저씨 후안 발데즈도 친근한 커피 캐릭터가 되었다.

　콜롬비아 커피는 무엇보다 동급의 다른 산지 커피에 비해 품질이 우수하다. 같은 커머셜 등급이라고 해도 브라질 커머셜보다는 콜롬비아 커머셜이 더 낫다는 평을 받는데, 그 이유는 바로 콜롬비아만이 가지고 있는 지형과 기후의 특수성 때문이다. 남미에 속해 있지만, 중미의 여러 나라늘저럼 카리브 해와 태평양에 둘러싸여 있는 나라가 콜롬비아다. 북쪽으로는 바다, 남쪽으로는 적도와 가까워서 남과 북의 기후가 확연히 다르고, 동쪽으로는 안데스산맥을 끼고 있는 고산지대가, 남서쪽으로는 아마존을 끼고 있는 열대우림이 펼쳐진다. 이렇게 지형이 복잡하고 다양한 나라는 커피 산지 중에 드물다. 그래서 콜롬비아의 커피도 다른 산지의 커피보다 개성 있고 특이하다.

콜롬비아의 커피는 어디에서 커피가 주로 난다고 말할 수 없을 정도로 다양한 지역에서 폭넓게 생산된다. 지형적으로는 남북으로 길게 늘어선 형태이고, 우기와 강우량, 수확 시기, 해발고도, 온도 등에 따라 생산지가 나뉜다. 남쪽은 5~6월의 여름에, 북쪽은 11~12월의 겨울에 커피가 주로 생산되며, 중부는 일 년 내내 커피가 생산된다. 그래서 콜롬비아는 일 년 내내 어느 때라도 커피를 수출할 수 있다.

생산량이 가장 많은 지역은 중부에 위치한 안티오키아Antioquia다. 안티오키아는 쿤디나마르카Cundinamarca, 보야카Boyacá, 북 톨리마North of Tolima 지역과 함께 일 년에 5~6번 커피 수확이 이루어지는 곳이기도 하다. 대부분 대규모 커피 재배지들이라 생산량에 중점을 두다 보니 커피의 품질이 나쁘지 않지만 그렇다고 특별히 좋지도 않다. 대규모 커머셜 커피가 주로 이 지역에서 생산된다.

남쪽 지역은 중부와 확연히 다른 지형을 가지고 있다. 일단 적도와 가깝고 농장이 위치한 곳의 해발고도도 높다. 나리뇨Nariño, 카우카Cauca, 울라, 남 톨리마South of Tolima 지역과 같이 아주 특별한 지역에서만 서로 다른 수확 시기를 두고 커피가 생산된다. 이 지역의 커피는 밝은 산미와 다른 커피에서는 찾아보기 힘든 독특한 풍미를 가지고 있다. 아로마와 단맛이 뛰어나서 스페셜티 바이어들이 매우 열광하는 커피이기도 하다. 콜롬비아 내에서도 이 지역 커피의 생산과 수출을 보호하기 위해 특별한 프로그램이 운영되고 있고, FNC에서도 스페셜티 생산을 위한 '마이크로 랏Micro

커머셜 커피가 주로 생산되는 안티오키아 지역의 커피 농장

콜롬비아 북부 산타 마르타 지역의 커피 농장

lot' 프로젝트가 진행될 만큼 좋은 커피 재배지로 인정받고 있다. 그래서 스타벅스, 일리, 네슬레 등 많은 국제 기업들이 투자를 하고 있다. 콜롬비아 COE 커피들이 이 지역에서 많이 나오는 것은 두말할 것도 없다. 2010년 콜롬비아 COE 대회 결과만 보더라도 상위권 커피 가운데 한 개를 제외한 20여 개의 커피가 나리뇨에서 나왔다.

북쪽 지역은 중미의 커피 산지와 유사한 자연환경을 가지고 있다. 카리브 해와 태평양에 접해 있어서 해발고도는 낮고 기온은 높다. 산타 마르타의 시에라 네바다Sierra Nevada de Santa Marta, 페리하 마운틴the Perijá Mountains, 산탄더Santander and North of Santander 지역이 대표적인 커피 산지이다. 날씨와 지형 때문에 햇볕 노출이 심해서 대부분 그늘 경작을 한다. 낮은 산미와 풀 바디가 느껴지는 이 지역 커피들은 몇몇 특정 바이어들에게만 팔려나간다고 한다.

이처럼 콜롬비아 커피는 재배지가 어디냐에 따라 특징이 완전히 달라진다. 따라서 커피 재배지에 대한 정확한 정보 없이는 원하는 커피를 찾기가 힘들다. 그래서 나는 콜롬비아를 제대로 알기 위해 지역별 대표 산지를 두루 다녔다. 북쪽의 산타 마르타부터 중부의 안티오키아 그리고 남쪽의 울라, 카우카 지역까지. 이렇게 북쪽에서 시작해 남쪽으로 이어진 농장 방문을 통해서 나는 여러 가지 면에서 콜롬비아 커피의 우수성을 보게 되었다.

콜롬비아 남부의 훌리아 지역에서는 다른 커피에서는 찾아보기 어려운 독특한 풍미와 밝은 산미를 가진 커피가 생산된다

수확 후 즉시 펄핑 원칙

푸른 자연과 풍부한 물 그리고 그곳에 자리 잡은 잘 정돈된 농장들. 대자연 속에 자리 잡은 콜롬비아의 커피 농장 안으로 들어서는 순간 이런 환경에서 자란 커피라면 품질이 뛰어날 수밖에 없다는 생각이 절로 든다. 조금 의외였던 것은 커피 가공시설로, 콜롬비아는 우리가 아는 것처럼 대규모 생산량을 자랑하는 곳이지만 가공시설은 무척이나 소박했다.

콜롬비아 농부들이 사용하는 펄핑 기계는 중미의 어느 농가에나 있는 작은 기계였다. 더욱이 대부분의 농부들이 농장에 살지 않아서인지 분실을 막기 위해 펄핑 기계 대부분이 창고 안에 설치되어 있었다. 그러다보니 규모가 작을수록 좋고, 발효조를 비롯한 채널(발효 후 커피를 옮기면서 씻는 장소) 등도 다 작았다. 생산량에 비해 작고 소박한 시설을 보고 과연 펄핑이 제대로 될까 하는 의구심이 생길 정도였다. 그런데 이렇게 가공시설이 소박한 것은 콜롬비아 농부들만의 가공 원칙 때문이었다.

'수확 후 즉시 펄핑'은 콜롬비아의 모든 농부들이 지키고 있는 원칙이다. 물론 다른 커피 산지에서도 체리를 딴 후 바로 가공을 하지만 이들만큼 빠르지는 않다. 예를 들면, 안티오키아, 울라 지역 모두 대부분의 농부들이 아침 7시부터 수확을 시작해서 커피가 한두 자루 모이면 즉시 펄핑기로 보내 커피를 펄핑한다. 간혹 농가가 워싱 스테이션과 너무 멀리 떨어져 있는 경우에는 커피자루를 나르지 않고 농장 곳곳에 설치되어 있는 탱크에 커피를 모으는데 이 탱크는 워싱 스테이션과 파이프로 연결되어 있다. 파이프로 된 커피 이송관은 땅 아래 파묻혀 있거나 농장과 워싱 스테이션 사이의 허공을 가로질러 공중에 붕 떠있기도 했다. 지금껏 많은 산지를 다녀봤지만 콜롬비아에서만 볼 수 있는 독특한 광경이었다.

왜 이런 엄청난 시설들을 마련하고 수확 후 펄핑이라는 확고한 원칙을 갖게 되었을까. 답은 콜롬비아의 날씨에 있었다. 콜롬비아는 바다와 내륙에 둘러싸여 있어서 비가 자주 온다. 수확기에도 비가 오는 경우가 많다. 그

창고 안에 설치된 소박한 펄핑 기계와 커피를 워싱 스테이션에 모으는 데 사용하는 파이프 이송관

런데 농장의 대부분은 고산지대에 있고 비가 오면 농장에서 워싱 스테이션으로 체리를 나르는 길이 엉망이 된다. 그러면 커피를 수레나 차로 나르는 것이 불가능해지고 제때 운송되지 못하면 체리는 발효되어 맛이 떨어진다. 이 때문에 자구책으로 만든 것이 독특한 이송관이다. 이 거대한 이송관은 안티오키아 콩코드 지역에서 주로 볼 수 있었는데 실로 감탄을 금치 못할 정도였다. 이송관은 농장과 농장 사이의 허공을 가로질러 마치 전선처럼 연결되어 있었다. 또 때로는 땅속과 경사면에 설치되어 있기도 했다.

수확 후 즉시 가공이라는 원칙을 언제부터 어떤 이유로 해왔는지 알 수는 없지만, 여기에서 콜롬비아 커피의 뛰어난 품질이 시작된다는 것만은 확실했다. 커머셜 커피 중에서도 유독 콜롬비아 커피가 품질이 뛰어난 이유가 바로 여기에 있었다.

워시드 가공에 대한 강한 믿음

콜롬비아 농부들은 콜롬비아 커피의 뛰어난 품질은 워시드 가공에서 나온다고 믿는다. 그래서 모든 지역의 커피가 100% 워시드로 처리되는데 여기에는 몇 가지 이유가 있다. 우선 콜롬비아는 물이 풍부해서 전통적으로 워시드 가공을 해왔다. 그래서 농부들도 당연히 커피는 워시드로 가공한다는 생각을 가지고 있다. 두번째 이유는 수출용 커피는 마지막 단계에서 FNC의 최종 검사를 받는데, FNC가 '콜롬비아 마일드 커피'의 이미지를 높이기 위해 수출용 커피는 반드시 워시드로 가공해야 한다고 농부들을 설득해왔기 때문이다. 예를 들면, 어느 농부가 실험적으로 내추럴과 펄프드 내추럴로 커피를 가공하고 바이어가 이 커피를 사기로 결정했다 해도 수출까지는 복잡한 절차가 남아 있다. 바이어는 자신이 살 커피에 대해 환불을 요구하거나 불만을 제기하지 않겠다는 각서 비슷한 문서를 여러 번 쓰고, 커피의 품질에 대한 책임은 전적으로 자신이 진다는 문서까지 작성해야 한다. 그러다 보니 내추럴 가공에 성공했다손 치더라도 실제 수출하는 데는 상당한 어려움이 있다.

또 다른 이유는 날씨에 있다. 사실 콜롬비아는 펄프드 내추럴과 내추럴 가공방식을 택하기에는 습도가 너무 높다. 그리고 많은 비가 너무 자주 내린다. 내가 안티오키아 지역에 머무는 동안에도 아침나절에만 잠깐 해가 나왔다가 오후가 되면 어김없이 대여섯 시간씩 장대비가 내리곤 했다. 만약 커피를 수확하고 가공하는 도중에 이렇게 많은 비가 오게 되면 큰 곤란을 겪게 된다.

콜롬비아에서는 발효 대신 점액질 제거기를 사용해서 점액질을 완전히 제거하기도 한다. 이 방법은 시간도 덜 들고 물을 절약할 수 있어서 주로 대규모로 커피를 생산하는 지역에서 사용되고 있었다. 또 어떤 농부들은 점액질 제거기로 점액질을 완전히 제거하고 난 뒤 다시 발효조에서 발효를 시키기도 했는데, 이유를 물어보니 점액질 제거기를 사용해도 중심부의 센터

컷 등에는 여전히 점액질이 남아 있을 수 있기 때문이라고 했다. 이처럼 이들은 마치 노이로제라도 걸린 것처럼 발효취를 완벽하게 없애기 위해 많은 노력을 하고 있었다. 나는 이런 세심한 노력들이 같은 등급이라도 콜롬비아 커피를 더 빛나게 만든 이유가 아닐까 하는 생각이 들었다.

그간 FNC는 한두 농가의 고품질 커피보다는 콜롬비아 커피 전체의 품질 유지와 균등한 품질을 위해 정책적으로 엄격한 기준을 제시해왔다. 그 기준 중의 하나가 워시드 가공이다. 물론 이런 FNC의 노력이 콜롬비아 커피를 고품질 커피의 대명사로 만드는 바탕이 되었다는 생각이 들기도 한다. 그러나 이제 시장은 스페셜티 커피를 향해 빠른 속도로 달려가고 있다. 스페셜티 시장에서 생존하려면 다른 커피에는 없는 특별한 무언가를 얻기 위해 새로운 시도와 노력을 해야 한다. 이것이 내가 다른 커피 산지처럼 콜롬비아도 새로운 가공법을 도입하고 실험적인 재배와 가공을 시도해야 하지 않을까 하는 생각을 계속하게 되는 이유다.

콜롬비아 커피가 비싼 이유

콜롬비아 커피는 품질을 막론하고 비싸다. 이처럼 가격이 비싼 데는 여러 가지 이유가 있겠지만 생산량의 급격한 감소가 가장 큰 원인이다. 최근 통계를 보면, 2009년 콜롬비아 커피의 생산량은 전년에 비해 약 30%나 감소했다. 콜롬비아가 세계 3위의 커피 생산국이다보니 생산량의 30%는 양으로 따져도 실로 엄청난 양이다. 그래서 결국 이것이 국제 커피 가격을 치솟게 하는 원인이 되었다. 문제는 줄어든 생산량이 지금까지도 회복되지 않고 있다는 점이다. 전 세계적으로 커피 소비는 늘고 있는데 생산량이 회복되지 않으니 커피 가격이 하루가 다르게 치솟고 있는 것이다. 그렇다면 이런 생산량의 감소는 왜 일어나는 것일까?

가장 큰 이유는 이상기후 때문이다. 콜롬비아는 뚜렷한 우기를 가지고 있어서 일 년 내내 커피 수확이 가능했고 지역별로 생산을 조절할 수 있었다. 그러나 최근에 빈번하게 발생하는 라니냐와 엘니뇨 현상으로 시도 때도 없이 비가 오고 있다. 이렇게 많은 비가 내리면 꽃이 피지 못한다. 꽃이 잘 펴야 열매가 많이 열리는데 꽃이 많이 피려면 꽃망울이 생기기 전에는 비가 오지 말아야 한다. 때로는 열매가 맺히기 시작할 때 우박을 동반한 비가 내리기도 하는데 이런 비는 어렵게 열린 열매를 모두 다 떨어뜨린다. 그래서 결국 체리의 양이 줄게 되는 것이다. 이처럼 예상치 못했던 기후변화로 커피 산지들이 몸살을 앓고 있는 가운데 천혜의 자연환경을 가졌다는 콜롬비아조차도 예외는 아니었다.

콜롬비아 커피 생산량 감소의 또 다른 원인은 최근 들어 심각하게 퍼지고 있는 녹병이다. 콜롬비아 커피의 주종主種 중 하나인 카투라Catura에 심각한 녹병 피해가 나타나고 있는 것이다. 언젠가 녹병이 퍼진 농장에서 직접 피해를 입은 커피나무를 보았는데 그 흉측함은 이루 말할 수 없었다. 커피나무의 잎사귀가 모두 떨어지고 앙상한 가지만 남아 있었다. 그나마 열매가 달려 있긴 하지만 녹병에 걸린 나무의 체리는 익지 않고 그냥 검게 말라버린다.

커피 꽃과 녹병에 걸린 커피나무

콜롬비아 커피의 대표 품종은 카투라와 콜롬비아다. 콜롬비아는 예전부터 녹병으로 인한 피해가 심각해서 병충해에 강한 종을 개발해왔는데, 그 대표종이 콜롬비아종이다. 콜롬비아종은 카투라와 티모르Timor의 교배종으로 26년 전부터 심기 시작했다. 방문한 농장 모두 카투라와 콜롬비아를 재배하고 있었는데 가는 곳마다 카투라에 심한 녹병이 들어 다음 해에는 콜롬비아종으로 바꿔 심을 계획이라고 했다. 콜롬비아는 이미 국가적으로 3~4년 전부터 녹병으로 인한 생산량 감소에 대비해 커피 종 대체 작업을 해왔고, 기상변화에 대한 대책들도 강구해왔다. 하지만 결과만으로 보면 역부족인 듯했다. 인간이 변화무쌍한 날씨에 당장 어떻게 대항할 수 있을까. 날씨는 말 그대로 하늘의 의지가 아닌가. 콜롬비아의 이상기후 문제는 이미 오래전부터 꾸준히 회자되었지만 실제로 와서 보니 상황은 훨씬 더 좋지 않았다. 언제까지 콜롬비아 커피를 마실 수 있을까 하는 걱정이 들 정도였다.

콜롬비아는 직접 방문하기 전까지는 여러모로 브라질과 비슷할 거라고 생각했다. 그러나 막상 와보니 생산 규모와 가공시설, 기후 그리고 농부들의 마인드까지 많은 것이 나의 예상과는 달랐다. 특히 농부들의 마인드가 남달랐고, 고품질 커피 생산에 대해 갖고 있는 자부심 역시 남다르게 강했다. 다만 농부들이 급격한 기후변화에 맞서 어떻게 대응해나갈지는 큰 과제였다. 기후변화는 콜롬비아 농부들에게 커피 생산량이 줄어드는 단순한 문제가 아니라 삶의 존립 그 자체의 문제가 되어가고 있었다.

INDONESIA

아시아의 대표적인 커피 생산지로 꼽히고 있는 인도네시아는 주 생산종이 로부스타 커피이다 보니 그동안 별반 대우를 받지 못했다. 그러나 수마트라 섬만은 예외였다. 수마트라는 인도네시아 안에서 아라비카 커피가 생산되는 대표적인 지역으로 커피의 품질이 우수하다는 평가를 받고 있다. 우리나라에 잘 알려진 인도네시아 만델링 커피도 바로 이곳 수마트라에서 생산되는 아라비카 커피의 이름이다. 최근에는 미국 스페셜티 커피 바이어들에게 그동안 관심 밖이었던 아시아 커피 산지가 주목받기 시작하면서 많은 사람들이 이곳을 찾고 있다.

커피 창고에 보관되어 있는 종류별 커피와 보관량, 가격에 대한 기록

인도네시아 커피와의
충격적인 첫 만남

인도네시아의 수마트라 섬에 도착한 나는 바로 드라이 밀로 향했다. 방문하기로 한 와하나Wahana 농장에 가기 전에 일반적인 커피 가공 모습을 보고 싶었기 때문이다. 차가 점점 드라이 밀에 가까워지자 나는 창문을 열고 밖을 내다보았다. 그런데 순간 나는 내 눈을 의심해야 했다.

보통 파티오Patio, 커피를 널어 말리기 위해 시멘트로 만든 장소는 멀리서 봐도 금방 알아볼 수 있을 만큼 선명한 노란색을 띤다. 그런데 이곳의 파티오는 온통 회색빛이었던 것이다. 말리고 있는 커피가 없는 건가 하고 의아해하는 동안 차는 파티오에 점점 가까워졌다. 그러고 나서 다음 순간 나는 화들짝 놀랐다. 이럴 수가! 파티오 위에서 말리고 있는 것은 파치먼트가 아니었다. 생두였다. 햇볕에 생두째 말리고 있었던 것이다. 나와 인도네시아 커피의 첫 만남은 이렇게 충격적이면서 강한 호기심을 자극하는 장면과 함께 시작되었다.

내가 방문하기로 한 와하나 농장은 수마트라 섬에 있는 토바Toba 호수 근처의 시디칼랑Sidikalang에 있었다. 토바 호수는 수마트라 섬 사람들의 젖줄 같은 호수로, 호수 주변으로 커피 농장과 커피 가공시설 들이 자리 잡고 있다. 커피나무가 원래 물을 좋아하고, 가공하는 과정에서 많은 물이 필요하다보니 자연스럽게 농장들은 호숫가로 몰리게 된다. 와하나 농장도 그런 곳 중 한 곳이었다.

와하나 농장은 비교적 최근인 2007년부터 커피나무를 심기 시작한 신생 농장이다. 원래는 인도네시아의 커피 수출상이 농장 주인이었는데, 지금은 그의 처조카인 페르민이 농장을 관리하면서 주변 농가들의 커피를 사들여 가공하고 있었다. 그는 내가 만난 산지 사람들 중에서도 특별히 인상적이었는데 누구보다도 열성적인 배움의 의지를 가지고 있고 그것을 실천하는 사람이었기 때문이다.

앞서 잠시 얘기했지만 인도네시아에 도착해 목격한 파티오의 모습은 나에겐 엄청난 충격이었다. 다른 커피 산지 어디를 가도 커피를 파치먼트가 아닌 생두째 말리는 경우는 없었다. 게다가 대체 무슨 생각으로 생두를 그렇게 강한 햇볕에, 그것도 위생적이지도 않은 환경에서 말리고 있는지 도무지 이해가 되지 않았다. 더 심각한 것은 열악한 환경이었다. 시멘트로 정리된 파티오에서 커피를 말리는 것은 그나마 고급이고, 대부분의 커피는 흙바닥에 그냥 얇은 비닐을 한 장 깔고 말리거나 아예 땅바닥 위에서 말리고 있었다.

사실 인도네시아 커피의 품질에 대해서는 의견이 분분하다. 보통 인도네시아 만델링은 '흙내음이 짙고 바디가 묵직한 커피'라고 말한다. 다른 커피에서 발견되면 심각한 디펙트로 여겨지는 흙내음이 인도네시아 커피를 얘기할 때는 원래부디 가지고 있는 고유의 특징인 양 평가되었다. 나 역시도 직접 이곳에 오기 전에는 이 묵직한 흙내음을 인도네시아 커피만의 독특한 특성이라 여기고 있었다. 그러나 예상치 못했던 장면을 목격하고는 내가 무언가 잘못 알고 있는 것이 아닌가 하는 생각이 들기 시작했다.

진실을 확인해야겠다 싶어서, 나는 페르민을 만나자마자 그것에 대해서 물었다.

"페르민, 인도네시아에서는 파치먼트가 아니라 생두를 말리나요? 대체 언제부터 이런 방법으로 말렸죠? 모든 농부들이 다 이렇게 하고 있나요?"

페르민은 쏟아지는 나의 질문에 황당해하며 물끄러미 나를 바라보다 주저하며 되물었다.

"그럼 다른 곳은 이렇게 하지 않나요?"

"……."

다른 곳은 이렇게 하지 않느냐는 그의 질문을 듣는 순간 나는 뒤통수를 맞은 것처럼 멍해졌다. 페르민은 정말 한 치의 의심도 없이 다른 산지도 인도네시아와 똑같이 한다고 믿고 있었던 것이다. 나는 처음에는 농장 매니저라는 사람이 어떻게 나보다 더 모를까 싶어 답답했다. 그런데 생각해보니 그럴 수밖에 없었다. 이들은 한평생 다른 산지를 가볼 기회가 없었고 그렇기 때문에 비교 대상도 없는 것이다.

"페르민, 물론 내가 세계 모든 산지를 다닌 건 아니에요. 그렇지만 이렇게 생두 자체를 햇볕에 널어 말리는 곳은 처음 봐요. 다른 산지는 모두 파치먼트 상태로 말리죠."

“정말인가요? 다른 나라에서는 정말 껍질을 벗기지 않고 말리나요?”

“그래요. 게다가 생두를 이렇게 강한 햇볕 아래 두면 수분이 날아가면서 커피의 향미를 빼앗게 돼요. 또 파티오 주변이 깨끗하지 않아서 먼지 같은 것들이 달라붙기도 하고요.”

“하지만 그렇게 말리면 시간이 많이 걸릴 텐데요. 그리고 잘 마르지 않아서 곰팡이가 필 수도 있잖아요.”

“맞아요. 그래서 모두들 열심히 커피를 뒤집어주죠. 말리는 동안 골고루 잘 마르라고 뒤집고 또 뒤집고…… 그리고 적절한 바람과 햇볕을 동시에 주고 말려요. 이렇게 땡볕 아래 커피를 두면 빨리 마르긴 하겠지만 품질은 떨어지니까요.”

“그렇군요.”

페르민의 표정은 점점 심각해졌다.

“건조는 정말 중요해요. 기껏 커피를 잘 가공하고도 건조를 잘못하면 다된 밥에 코 빠뜨리는 격이에요. 모든 것이 수포로 돌아가죠. 그런데 페르민, 대체 언제 파치먼트 껍질을 벗겨내는 건가요?”

“발효가 다 되면 물에 씻어요. 그리고 파치먼트 상태로 잠시 햇볕에 널어놓았다가 물기만 제거되면 탈곡해요. 그리고 나서 생두 상태로 햇볕에서 본격적으로 말리죠. 이게 우리 방식이에요. 여기 수마트라 섬뿐 아니라 자바 섬에서도 이렇게 하는 걸요. 나는 몰랐어요, 정말. 다른 곳은 파치먼트로 말리는군요.”

내가 받은 충격 이상으로 페르민도 적잖이 충격을 받은 모양이다. 진실이라고 믿고 단 한 번도 의심하지 않았던 것이 나로 인해 산산이 부서지고 있었다. 그러니 그 심정이 오죽했을까? 이렇게 페르민과 나는 첫날, 첫 만남에서 서로 충격적인 신고식을 하게 되었다.

와하나 농장. 수마트라 섬의 토바 호수 근처에 있는 이 농장은 2007년부터 커피를 재배하기 시작했다

인도네시아식
세미 워시드의 내막을 듣다

나는 나중에야 이런 가공방식을 '인도네시아식 세미 워시드'라고 부른다는 것을 알게 되었다. 인도네시아 전역에서 하고 있는 방식이라서 그 방법이 옳은가 그른가를 떠나 암묵적으로 인정하고 있었던 것이다. 인도네시아에서도 워시드 가공을 아예 하지 않는 것은 아니다. 그러나 그렇게 하는 농가는 극히 드물기 때문에 가공의 한 분류로 생각하지 않는다고 한다. 그래서 페르민처럼 커피 농사를 짓고 있어도 워시드 가공이 뭔지 모르는 사람이 태반이었다.

나는 인도네시아가 언제부터, 어떤 이유로 세미 워시드로 가공하게 되었는지 몹시 궁금해졌다. 그러다가 나이가 지긋한 어느 농부로부터 아주 흥미로운 이야기를 듣게 되었다. 그는 커피 농사를 짓는 집에서 태어나 어려서부터 커피 가공하는 것을 보고 자랐는데 예전에는 지금처럼 커피를 말리지 않았다고 했다.

"예전에는 당신 말처럼 파치먼트로 말렸죠. 그런데 언제인지 정확히 기억이 나지는 않지만 아주 많은 유럽 상인들이 이곳을 방문했어요. 그 사람들이 농부들을 불러놓고 커피를 말릴 때 껍질을 벗겨서 말리라고 했어요.

그러면 커피 맛도 좋아지고 시간도 줄일 수 있다고요."

"그럼 그때부터 생두째로 말리게 된 건가요?"

"그래요. 커피는 한꺼번에 수확하니까 빨리 말릴 수 있으면 큰 이득이지요. 그래서 그때부터 그렇게 했던 것 같아요. 그 유럽 상인들은 우리뿐 아니라 자바 섬에서도 모두 그렇게 커피를 가공한다고 했어요."

어느 정도 사실적 근거가 있는 이야기인지는 알 수 없지만 그의 설명은 꽤나 흥미로웠다. 그의 말처럼 일의 속도가 빨라지면 비용을 절약할 수 있다. 그러니 품질에 대한 개념이 전혀 없던 시절에는 당연히 환영받는 방법이었을 것이다.

그렇다면 왜 유럽 상인은 인도네시아 농부들에게 그런 말을 했던 것일까? 그들의 말처럼 정말 당시에 자바 섬에서도 생두째로 커피를 말렸는지 확인할 방법은 없다. 그런데 생각해보면 자바 섬은 대부분 로부스타를 재배해왔기 때문에 예전부터 쭉 내추럴 방식으로 가공했을 가능성이 크다. 아무래도 많은 양의 커피를 빨리 확보하려고 유럽 상인들이 지어낸 거짓말이 아니었을까 하는 의심이 들었다.

다음 날 나는 페르민과 농장으로 향했다. 페르민의 태도는 어제와는 사뭇 다르게 진지해졌고 농장을 둘러보는 내내 나에게 많은 질문을 했다.

"과테말라와 코스타리카는 어떤가요? 책에서 보니까 두 나라에서 고품질 커피가 많이 난다던데, 거기도 가봤어요? 그리고 어제 말한 파치먼트로 말린다는 거요. 대충 며칠이나 말려야 하는 건가요? 한 시간에 몇 번이나 뒤집어줘야 하나요?"

페르민은 내가 마치 농업학자라도 되는 것처럼 점점 더 어려운 질문들을 했다. 나는 내가 아는 한도에서 성심성의껏 답했지만 어느새 등줄기에 땀이 흐르기 시작했다. 게다가 페르민은 내가 말하는 모든 것들을 열심히 받아 적고 있었다. 그런 페르민을 보고 나는 살짝 걱정이 되었다. 혹시 내가 잘못된 정보를 전달하면 어쩌나 하는 생각도 들고, 괜한 얘기를 꺼내서 그를 혼란스럽게 만드는 것은 아닌가 하는 생각도 들었다.

"페르민, 난 농업학자도 아니고 당신처럼 커피를 기르는 사람도 아니에요. 그냥 바이어일 뿐이죠. 내가 당신에게 말한 것들은 그저 여러 산지를 다니면서 보고 경험한 것들이에요. 사실 그게 다 맞는 건지 확신도 없고요."

내가 걱정스럽게 말하자 무언가를 열심히 적고 있던 페르민이 나를 보며 웃는다.

"미스 리, 왜 그런 말을 해요? 나에겐 이런 정보가 정말 중요해요. 우린 정보를 얻기가 쉽지 않아요. 어느 나라의 커피가 좋고 비싸게 팔린다더라 하는 말은 많이 듣지만 그들의 커피가 우리 것과 어떻게 다른지는 아무도 이야기해주지 않서든요. 솔직히 과테말라나 코스타리카 커피가 비싸게 팔린다는 이야기를 들을 때마다 왜 우리 커피는 그렇지 못한지 속이 상했어요. 그래서 때때로 바이어들을 원망하기도 했고요. 그때는 품질이 다르다는 것을 몰랐거든요. 그냥 그들의 커피가 유명해서 비싸게 팔리나보다 그렇게만 생각했어요. 당신이 해주는 이야기들은 저에겐 다른 어떤 책을 보는 것보다 중요한 자료예요. 직접 본 것들을 말해주고 있으니까요. 정말 진심으로 고맙게 생각해요."

그렇다. 페르민의 말처럼 이들에겐 정보가 없다. 스페셜티 바이어들도 대체로 커핑만 하고 떠나는 경우가 많고, 농장은 아예 방문조차 하지 않는 바이어들도 많다. 그리고 설사 무언가를 알고 있다고 해도 잘 말하려 하지 않는다. 산지마다 환경이 다르고 시설이 다른데 섣불리 이것저것을 말하다보면 실수를 할 수도 있고, 바이어들끼리 경쟁이 심하다보니 좋은 농장이나 농법에 관해서 쉽사리 털어놓지 않으려는 것도 있다.

나는 페르민의 말을 듣고 나서 용기를 얻었다.

"페르민, 지금 커피 시장은 스페셜티를 원하고 있어요. 이제는 양이 아니라 품질이 중요해요. 100백의 보통 커피보다는 단 10백이라도 고품질 커피를 사고 싶어해요. 커피를 비싸게 팔고 싶다면, 양 대신 품질을 높이는 데 주력해봐요."

"품질을 높인다…….."

"정확한 수확과 가공. 이게 진짜 중요해요. 커피를 섞지 마세요. 와하나 농장은 와하나 농장대로 주변의 농장들은 주변의 농장들대로 따로 가공하고 분리해야 해요. 그래야만 그 농장만의 커피를 만들 수 있어요. 지금 다른 산지에서는 한 농장 안에서도 해발고도나 커피 종에 따라 커피를 더욱 세밀하게 나누어 관리하고 있어요. 이게 품질의 시작이에요."

"그러면 가공은 어떻게 하면 되나요?"

"여기 좀 보세요. 이렇게 생두로 말리면 일단 커피 풍미를 지키기 힘들어요. 커피가 강한 햇볕에 직접 노출되다보니 색깔이 회색으로 변하잖아요. 끝도 갈라져서 생두가 하트 모양이 되고요. 다 강한 햇볕 때문이에요. 가공법을 바꿔보는 게 좋을 것 같아요."

내가 페르민을 만난 2009년은 와하나 농장이 본격적인 수확을 하기 전이었다. 2007년에 커피나무를 심었기 때문에 2010년에나 수확이 가능했고, 그는 내년의 수확을 앞두고 여러 가지 준비를 하고 있었다. 그래서 더 열성을 보였는지 모르겠다. 그 반나절 동안 나는 그에게 내가 커피에 대해 알고 있는 거의 모든 것을 말했다. 좋은 커피를 만들고 싶어하는 그의 열정을 느낄 수 있었기에 나는 진심으로 그를 돕고 싶었다.

그리고 나서 2010년 어느 날, 페르민에게서 뜻밖의 선물이 도착했다.

페르민에게서 온
뜻밖의 선물

어느 날 요청하지도 않은 샘플이 회사로 날아왔다. '이게 뭐지' 하고 봉투를 뜯어보니 페르민에게서 온 커피 샘플이었다. 인도네시아 커피는 뚜렷하게 수확기가 정해져 있지 않다보니 연중 어느 때라도 커피를 구할 수가 있다. 나는 그저 새 커피가 나왔나보다 생각하고 커핑을 시작했다. 그런데 커피를 맛보고 깜짝 놀랐다. 커피 맛이 우리가 알고 있던 인도네시아 만델링이 아니었다. 흙내음은커녕 마치 과테말라 고산지대에서 잘 가꿔진 커피처럼 아름다운 풍미와 깨끗하고 부드러운 느낌이 들었다. 그러면서도 맛이 가볍지 않은 아주 좋은 커피였다. 나는 몇 번이고 샘플을 확인한 다음 서둘러 페르민에게 메일을 보냈다.

나는 흥분해 있었다. 페르민과 만난 지 겨우 6개월 정도밖에 지나지 않았던 때라 더욱 그럴 수밖에 없었다. 이 짧은 시간 동안 그는 대체 무슨 일을 한 걸까? 어떻게 커피 맛이 이렇게 달라질 수 있을까? 나는 페르민에게 정말 당신이 만든 커피가 맞느냐며 대체 어떻게 이런 좋은 커피를 만들었냐고 물었다. 그가 어떤 이야기를 할까 잔뜩 조바심이 나서 답장을 기다리는 시간이 지루할 정도였다. 며칠 후 페르민에게서 답장이 왔다.

"미스 리, 그 커피는 나의 첫번째 실험작이에요. 우리 농장은 아직 커피가 없어서 주변 농가의 커피를 구해서 실험 삼아 워시드 가공을 해봤어요. 당신 말처럼 깨끗한 물에서 씻어내고 펄핑을 했죠. 그리고 발효시간도 정확히 체크해서 발효되자마자 세척한 후에 파치먼트 상태로 그늘에서 말렸어요. 시간이 좀 걸리긴 했지만, 말리고 나서 껍질을 벗겨보니 커피가 아주 깨끗하던걸요. 색깔도 좋고 끝이 갈라진 것도 없고. 제법 만족스러운 결과가 나와서 당신에게 보내본 거예요. 맛은 어떤지, 품질이 정말 좋아졌는지 알고 싶어서요. 커피가 좋았다니 정말 저도 기뻐요. 이제 우리 농장의 체리가 익기만 기다리면 되겠네요. 그래요. 저도 할 수 있을 거 같아요, 이제."

나는 메일을 받고 가슴이 뭉클해졌다. 내 말을 하나하나 열심히 받아 적던 페르민의 모습이 생생히 떠올랐기 때문이다. 이날 내가 맛본 인도네시아 커피는 페르민의 커피여서가 아니라 누가 맛보더라도 인도네시아 커피라고 생각지도 못할 대단히 훌륭한 커피였다.

인도네시아는 국토 전체가 커피 벨트다. 네덜란드 식민지였던 17세기에 현재의 스리랑카인 실론 지역에 커피가 심기면서 자카르타를 비롯한 전 국토에 커피 재배가 시작되었다. 이때 심긴 커피는 아라비카종이었는데 1880년대에 커피 녹병이 퍼지면서 자바 섬은 물론 전 국토의 커피나무들이 한꺼번에 죽고 만다. 그래서 아라비카 대신 병충해에 강한 리베리카Liberica와 카네포라Canephora, 즉 로부스타를 심게 되어 이후 인도네시아는 로부스타의 주 생산지가 된다. 수마트라 섬도 사실은 양으로만 보면 로부스타 생산량이 훨씬 많다. 수마트라 섬에 아라비카 커피가 재배된 것은 18세기로, 수마트라 섬 북쪽 끝에 있는 아체Ache 지역과 토바 근처였다. 그래서 아직까지도 아체 지역의 타켄곤Takengon과 베네 마리아Bener mariah, 토바 섬 근처의 린통Lintong, 니후타Nihuta, 다이리-시디칼랑Dairi-Sidikalang, 시보롱보롱Siborongborong, 도록 상굴Dolok Sanggul, 시리부 도록Seribu Dolok 등은 아라비카가 생산되는 곳으로 유명하다.

수마트라 섬에서 나는 커피는 몇 년 전까지만 하더라도 지역의 구분 없

이 팔렸다. 굳이 지역을 구분할 만한 품질이 아니었기 때문에 그냥 수마트라 만델링Sumatra Mandheling이라는 이름으로 통칭되었던 것이다. 만델링이라는 이름은 수마트라 섬 북쪽에서 아라비카 커피를 기르던 민족의 이름에서 따온 것으로, 로부스타와 구별해서 수마트라 섬에서 나는 수출용 아라비카 커피를 수마트라 만델링으로 부른다.

인도네시아에서는 수출에 필요한 등급을 디펙트로 정한다. 조금 특이한 점은 예전에는 생두에 섞여 있는 디펙트가 아니라 커핑을 통해서 발견되는 디펙트로 점수를 정했다는 것이다. 그래서 최고 등급인 Grade 1을 샀다 하더라도 생두 상태로는 그다지 좋은 품질이 아닌 것처럼 느껴지는 경우가 많앗다. 지금은 다른 커피 산지들처럼 생두 상태에서 디펙트를 골라내 등급을 정하는 방식을 사용한다. 그러나 이 기준도 다른 나라에 비해 굉장히 느슨하다. 예를 들면, 최고 등급인 Grade 1의 디펙트 포인트는 11점이다. 보통 다른 나라에서 1등급이 되려면 디펙트 점수가 6점 이하인 경우가 대부분인 것을 감안하면 허용 기준치가 굉장히 느슨하다는 것을 알 수 있다. 이렇다보니 아무리 좋은 만델링을 사도 막상 커피를 받고 나면 그 모양새나 색깔이 기대에 미치지 못해서 실망을 하는 경우가 많았다.

그런데 페르민과의 만남을 통해 나는 인도네시아 커피에 대한 좋지 않은 이미지와 스페셜티 커피에 대한 고정관념이 바뀌었다. 좀더 솔직히 고백하자면, 스페셜티는 남다른 것이어야 한다는 일종의 귀족의식을 버렸다고 할까. 나는 스페셜티 농부들이 입버릇처럼 말하곤 했던 말을 이제야 진심으로 이해할 수 있었다.

"스페셜티를 만들려면 첫째는 나무를 잘 돌보는 것이 중요하고, 그다음은 커피 체리의 품질을 가공 과정에서 그대로 잘 유지하는 것이 중요하다. 이를 통해 스페셜티가 되는지 못되는지가 정해지는 것이지 처음부터 스페셜티라고 정해진 커피는 이 세상 어디에도 없다."

페르민은 인도네시아 스페셜티 커피에 대한 새로운 가능성을 내게 처음으로 증명해준 사람이다. 그렇기 때문에 이제 막 커피농사를 시작한 초보지만 나는 그를 인도네시아 최고의 스페셜티 가이로 기억하고 있다. 자신의 부족함을 알고 앞으로 나아가려는 열정과 진정성은 아마 오래도록 내 가슴속에 남을 것 같다.

04

세계 스페셜티 커피 현장을 가다

CURIOSITY
INTELLIGENTSIA
FRESH ROASTED COFFEE

U.S.A.

미국은 스페셜티 커피 시장의 중심인 나라다. 전 세계에서 가장 많은 양의 커피를 소비하는 나라이자, 소비되는 커피의 약 30% 이상이 스페셜티로 알려져 있는 최고급 커피 소비지이기도 하다. 그런데 미국의 스페셜티 커피 시장의 형성과 발전은 의외로 그 역사가 짧다. 이렇게 짧은 역사에도 괄목한 만한 성장을 할 수 있었던 데는 미국 스페셜티 커피협회의 창설과 피터 줄리아노를 비롯한 인텔리젠시아의 제프 와츠, 스텀프타운의 듀안 소렌슨 같은 걸출한 인물들이 있었기에 가능했다.

chemex single cup

costa rica villalobos (dt)
guatemala antigua buenavista (dt)
ethiopia mordecofe (dt/og)
$3

kenya gachami - grand cru
$6

colombia la esperanza (dt)
costa rica don mayo (dt)
costa rica los angeles - la estrella (dt)
costa rica los angeles - la granadilla
costa rica montes de oro (dt)
NEW costa rica torres - villalobos va
el salvador finca Kilimanjaro (dt/og)
NEW guatemala benavente (dt)
NEW guatemala finca antigua buen
guatemala finca el injerto - bourbon
NEW guatemala finca el injerto - pa
guatemala finca puerta verde (dt)
guatemala la concepcion buenavista
honduras finca el puente (dt)
in   (dt/og)

hole Bean

15	ethiopia michelle (og)	13.25
14.25	ethiopia mordecofe (dt/og)	13.50
14.25	NEW ethiopia suke quto	13.50
14.25	kenya ngunguru (dt)	16.50
12.50		
12.75	Grand Cru Coffees:	
16.50	NEW el salvador Aida's grand reserve (dt/og)	33
13.50	NEW kenya gachami	22.50
13.50		
13.50	Blends:	
15	hair bender	11
12.50	hair bender + limited edition jar	30
14.25	holler mountain (dt/og)	11
12.50	house blend (dt)	11
12	french roast (dt/og)	11
	decaf house (mwp)	10.75
	decaf trapper creek (swp/og)	11
	NEW cascara tea - el salvador kilimanjaro (dt/og) 4oz.	10

제 3의 물결과
미국의 스페셜티 커피

미국 커피의 시작은 1773년 '보스턴 차 사건'이 일어난 해로 거슬러 올라간다. 미국의 독립전쟁의 시작점이기도 한 이 사건을 계기로 미국인들에게 커피는 일상생활에 없어서는 안 될 음료로 자리를 잡는다. 초기 미국인들에게 커피는 특별한 연회에서나 마시는 음료였다고 한다. 이 시기의 커피는 주로 가정에서 볶아서 마시거나 식료품 상점 등에서 볶아서 판매했다고 한다. 그러다가 19세기에 접어들면서 커피가 식료품 상점에서 주로 판매되기 시작했는데 도시마다 커피공장이 있어서 식료품상에 커피를 공급하는 식이었다.

20세기에 접어들면서 이루어진 급속한 산업화는 커피 시장의 패턴 또한 급속하게 바꾸어놓는다. 가내 수공업 식의 커피공장 대신 대형 커피공장들이 들어서면서 캔으로 포장된 커피가 대량으로 생산되어 슈퍼마켓 진열장에 놓이게 된 것이다. 당연히 커피의 품질은 떨어지기 시작했다. 더불어 제2차 세계대전 이후 급속히 퍼진 인스턴트커피는 커피 품질을 더욱 악화시켰다. 산업화가 가속화되면서 모든 제품이 표준화, 규격화되었는데 커피도 예외는 아니었다. 이는 결국 소비자들이 커피 품질에 개의치 않는 결과를 가져왔다.

최근 미국 커피 시장에 불고 있는 품질의 변화를 두고 새로운 바람이 불고 있다는 말들을 많이 한다. 다른 산업과 마찬가지로 커피도 양보다는 질을 따지는 품질 위주의 시장이 형성되고 있는 것이다. 미국 커피 시장의 변화는 세 시기로 나누는데 특징에 따라서 제1의 물결, 제2의 물결, 제3의 물결로 부르고 있다.

제1의 물결은 2차 세계대전 전후로, 이 시기는 인스턴트커피가 본격적으로 확대되고 커피가 대중적으로 확산된 시기이다. 휴대가 간편하고 언제든지 물만 부으면 마실 수 있는 편리함 때문에 커피는 빠른 속도로 보급되었다. 그러다보니 품질 면에서는 가장 떨어지는 시기이기도 하다.

제2의 물결은 1960년대 후반부터 1990년대 중반까지로, 미국으로 넘어온 이민자들에 의해 새로운 커피 시장이 형성되는 시기이다. 북유럽 이민자들이 서부 캘리포니아에 정착하면서 직접 커피콩을 볶아서 추출하고 음미하는 커피 문화가 미국인들 사이에 퍼지게 된다. 인스턴트커피에 익숙했던 미국인들에게 이들의 새로운 커피 문화는 호기심과 관심의 대상이 된다. 동시에 이민자들의 커피 지식이 미국 커피 시장에 새로운 흐름을 만들게 되는데, 스타벅스의 전신인 '피츠 커피'가 샌프란시스코에 첫 매장을 연 때가 바로 1966년이다.

스타벅스는 1971년 시애틀에 첫 커피숍을 오픈하면서 이탈리아 스타일의 커피 로스팅과 추출로 미국 소비자들에게 새로운 개념의 커피를 선보이게 된다. 기존의 인스턴트커피와 구별되는 깊은 향미와 이태리식 커피 추출법(에스프레소)은 소비자들의 호응을 얻어 현재의 스타벅스를 만드는 밑거름이 되었고, 소비자들도 커피도 품질의 차이가 있다는 사실을 상기하게 된다. 이것이 본격적인 스페셜티 커피가 등장하는 계기가 되었고, 이러한 제2의 물결을 이끈 커피인들에 의해 1982년 미국 스페셜티 커피협회, 즉 SCAA가 만들어진다.

SCAA의 창립은 전 세계 커피 시장의 흐름을 크게 바꾸고 스페셜티 시장의 초석을 마련하게 되는 계기가 된다. 커피의 생산량과 가격에만 포커스

가 맞추어져 있던 기존의 커피 시장에 품질이라는 새로운 개념이 도입되고 체계적으로 정리되기 시작한 것이다. 또 산지마다 다른 커피의 특징을 살리고, 품질을 구별해 커피 한 잔에 담긴 다양한 풍미를 소개하는 큰 전환점을 마련하게 되었다.

제2의 물결 이후 사람들은 점점 더 고품질 커피를 열망하게 된다. 더불어 스타벅스와 같은 고급 커피숍 체인의 급속한 확대에 대한 반발은 결국 제3의 물결이라는 새로운 흐름을 만들게 된다. 이때가 1990년대 중반이다. 스타벅스는 새로운 개념의 커피를 미국 시장에 선보였으나, 대규모 커피 체인점으로 확산되면서 커피 문화의 획일화와 자동화라는 한계점을 드러낸다. 그리고 이것은 전 세계 매장 어디서나 똑같은 맛과 품질, 동일한 커피숍

문화를 지향하는 스타벅스의 획일화된 카페 문화에 대한 반발을 가져왔다. 후발주자라면 누구나 스타벅스와 경쟁해야 하는 상황이 되면서 그들과 맞설 수 있는 경쟁력이 절실해진 것이다. 커피업계에 새롭게 뛰어든 후발주자들은 그 해결책으로 같은 가격에 더욱 맛있는 고품질 커피를 제공하는 방법을 택한다. 이렇게 미국 커피 시장에서는 제3의 물결이 시작되는데, 그 중심에는 인텔리젠시아의 제프 와츠, 스텀프타운의 듀안 소렌슨, 카운터 컬처의 피터 줄리아노가 있었다.

피터 줄리아노는 현재 SCAA의 회장으로 매우 세심하고 조용한 성격의 소유자로 알려져 있다. 음악을 전공했고, 어려서부터 커피에 빠져 있던 그는 자신의 카페를 운영하다가 카운터 컬처에 합류하면서 커피 산지를 방문하게 된다.

전 세계의 커피 산지를 방문하면서 그는 많은 것을 배웠다고 한다. 특히 자신이 알고 있던 커피에 관한 지식들이 허점투성이에다가 실제 산지의 현실과는 매우 다르다는 것을 알게 되었고, 이를 계기로 더 많은 산지를 방문해야 한다는 일종의 사명감을 갖게 되었다고 한다. 내 경우도 그와 비슷했는데, 산지를 방문하면 새로운 것을 접하는 즐거움이 클 거라고 생각하지만 그건 정말 순간일 뿐이다. 서서히 '왜 책과 다른가?' 하는 의문을 품게 되고, 결국은 내가 알고 있는 지식이 정말 믿을 만한 것이었나 하는 근본적인 질문과 회의에 빠지게 된다.

나는 피터 줄리아노를 직접 만나본 적은 없다. 그러나 그와 아주 친한 온두라스의 마리사벨 아주머니에게서 전해들은 바에 의하면 그만큼 커피를 아름답게 묘사할 수 있는 그린빈 바이어는 없다고 한다. 커핑 실력도 훌륭하지만, 커피의 맛을 묘사할 때 그는 마치 한 편의 시를 읊조리는 시인과 같다고 한다.

피터 줄리아노는 커피 산지를 다니면서 좋은 커피를 생산하려는 농부들의 노력이 결실을 맺기 위해서는 반드시 과학적 로스팅이 필요하다는 결론에 이르게 된다. 그래서 그는 로스팅 모임을 만들고, 로스터들이 각자 쌓아온 지식과 경험을 공유하는 한편 커피 품질을 높이기 위한 폭넓고 새로운 시도들을 하게 된다.

그리고 이 모임을 통해 그는 영원한 경쟁자이자 형제와도 같은 인텔리젠시아의 제프 와츠를 만나게 된다.

인텔리젠시아는 1995년 창립된 이래 지금까지 업계의 최고로 인정받고 있다. 그래서 스페셜티에 관심이 있고, 커피업에 종사하고 있는 사람이면 누구나 한번쯤 찾아가보고 싶어하는 회사다. 이런 명성의 중심에는 제프 와츠라는 걸출한 인물이 있다.

인텔리젠시아의 그린빈 바이어이면서 공동 경영자인 제프 와츠는 강한 아우라를 풍기는 사람이다. 나 역시 처음 만났을 때 그에게서 강한 인상을 받았다. 이국적인 푸른 눈동자로 상대를 응시하는 눈빛이 매우 강렬해서 그와 눈이 마주친 사람은 누구나 순간 긴장하게 된다. 그래서 그를 처음 만난 이들은 모두 그의 강렬한 눈빛에 관해 이야기하곤 한다. 그가 마냥 대하기 편한 사람은 아니라는 소문도 있지만, 내가 지금껏 겪어본 바로는 정 많고 예의 바르며 매우 총명한 사람이다.

제프 와츠가 인텔리젠시아와 인연을 맺게 된 것은 인텔리젠시아가 처음 커피숍을 시작했던 1995년이다. 대학 시절 오스트리아에 머물며 독문학을 공부했던 그는 그때 이미 커피에 빠져 있었고, 대학을 졸업한 후 인텔리젠시아의 바리스타로 일하게 된다. 본격적으로 로스팅을 하게 되면서 커피가 가지고 있는 수십 가지의 풍미에 점점 매료되고 커피 연구에 몰두하게 된다. 그는 커피의 맛과 향이 결국 산지에서 시작된다는 것을 깨닫고 과테말라로 첫 산지 여행을 떠나게 되는데, 이 방문을 통해 자신이 산지에 대해 모르는 것이 너무 많다는 것을 깨닫게 되었다고 한다. 그래서 본격적으로 커피 산지를 다녀야겠다는 결심을 하게 되고, 전 세계 커피 산지를 여행하게 된다. 이것이 지금의 인텔리젠시아의 명성을 만들고, 그를 세계적으로 유명한 스페셜티 커피 바이어로 만드는 초석이 되었다.

인텔리젠시아의 제프 와츠는 여러모로 나에게 많은 감동을 주는 사람이다. 지난해 서울 카페쇼에 그가 초청되어 한국의 젊은 커피인들에게 강의를 한 적이 있다.

INTELLIGENTSIA
FRESH ROASTED COFFEE
heirloom LA
LUNCH & DINNER
EAT ME
IDEAL
RAPID
HOTHOT

그는 10년간의 산지 경험과 지금까지 산지를 다니면서 배우고 느낀 점들을 여러 가지 자료를 통해 소개했는데, 이 강의에서 나는 평생 잊지 못할 이야기를 듣게 된다.

"자, 여기 오신 분 중에서 로스팅을 직접 하시는 분들 손들어보세요!"

참가자 중 몇몇이 손을 들었다.

"그럼 바리스타이신 분들은요?"

대다수의 참가자들이 손을 들었다.

"여러분처럼 커피를 하는 많은 사람들이 커피 품질에 대해 깊은 고민을 합니다. 커피의 품질이 어디서 시작되고 어떻게 결정되는가에 대해서 말이죠. 그리고 많은 분들이 이 질문에 대한 답을 찾는 과정에서 결국 커피를 직접 길러내는 산지에서 커피 품질의 많은 요소들이 결정된다는 것을 알게 됩니다. 하지만 우리가 잊지 말아야 할 중요한 사실이 한 가지 더 있습니다. 저는 지금부터 그 이야기를 여러분에게 하려 합니다. 농부가 고품질 커피를 길러내기까지는 최소한 1년이 걸립니다. 하지만 처음부터 스페셜티를 만드는 농부는 없어요. 시도하고 실패하기를 반복하면서 스페셜티를 만들어내죠. 만약 실패하면 다시 1년을 기다려야 합니다. 중요한 것은 이런 농부의 노력이 우리 손에 의해 빛을 발하거나 모두 수포로 돌아간다는 점입니다. 로스터는 단 20분 만에 농부의 1년을 보람되게 하기도 하고 망치기도 합니다. 때로는 채 20분이 안 걸리기도 하죠. 바리스타는 또 어떤가요? 커피 추출 30초 만에 농부의 1년이 보람된 결실로 나타나느냐 아니냐를 결정하죠. 그래서 여러분들이 중요합니다. 아무리 산지에서 훌륭한 커피를 만들었다 해도 결국 여러분들의 손을 거치면서 스페셜티의 진가가 발휘되기 때문이죠. 많은 분들이 저희 회사 커피 이야기를 많이 합니다만, 저희 회사의 커피가 남들과 다른 것은 단지 산지에서 좋은 커피를 발견했기 때문만은 아닙니다. 인텔리젠시아의 로스터와 바리스타 들은 농부들의 1년간의 노력이 헛되지 않도록 늘 고민하고 새로운 시도를 합니다. 여러분도 이 점을 꼭 잊지 말아주시기 바랍니다."

그의 마지막 말이 끝나고 나를 비롯한 참가자 모두는 숙연해졌다. 품질을 논하기에 앞서 얼마나 로스팅과 추출에 최선을 다하고 있느냐는 그의 질문은 그간의 우리의 모습을 돌아보게 했다.

나는 그의 이 마지막 말이 지금의 인텔리젠시아를 만들어낸 힘이 아닌가 하는 생각을 했다. 좋은 재료를 발견하는 것도 중요하지만 재료가 가진 풍미가 발현될 수 있는 로스팅과 추출 실력이 있어야 비로소 소비자에게 스페셜티 커피의 진가가 전해진다.

커피는 제조 과정에서 맛과 향이 많이 달라지고, 본래 가지고 있던 풍미를 제대로 발휘하지 못하면 아무리 좋은 재료라 해도 그 가치를 드러내기가 어렵다. 또 제조 과정에 문제가 없었다 하더라도 마지막 추출 과정에 실수가 있으면 농부들의 1년간의 노력은 소비자들에게 제대로 전달되지 않는다. 커피 한 잔을 둘러싸고 있는 이 보이지 않는 연결고리가 결국 커피의 품질을 결정하므로 어느 과정 하나 소홀히 할 수 없는 것이다. 스페셜티 커피 시장이 미국 중심인 것도 인텔리젠시아나 스텀프타운을 비롯한 소규모 로스터리들이 이 점을 정확히 이해하고 있기 때문일 것이다.

나는 2008년 시애틀에 있는 스텀프타운을 처음 방문했던 날을 잊을 수가 없다. 처음 매장에 들어섰을 때는 깨끗하고 단정하게 정리된 커피숍이라는 인상 외에는 특별한 것이 눈에 띄지 않았다. 그런데 지하에 있는 로스팅실과 커핑실, 교육장을 보고는 생각이 달라졌다. 로스팅실이 마치 병원처럼 깨끗하게 정리정돈이 되어 있었고 포장실 역시 마찬가지였다. 우리와 별반 다르지 않게 일일이 사람 손에 의지하고 있었지만 그들의 정리정돈은 정말로 뛰어났다.

스텀프타운은 아주 뛰어난 디자인을 가지고 있는 회사이기도 하다. 전 세계의 내로라하는 여러 커피 회사들을 방문해왔지만, 아직 스텀프타운만큼 디자인적으로 완성도 있는 회사를 본 적이 없다. 그들의 디자인은 늘 커피를 매개로 신선한 아이디어가 결합되어 새로운 무언가를 만들어낸다. 그래서 극도로 단순한 디자인이지만 뛰어난 세련미가 느껴진다.

나는 개인적으로 스텀프타운의 뛰어난 디자인을 늘 부러워하고 디자이너가 어떤 사람일까 늘 궁금해했다. 그러다가 외국의 한 커피 잡지에서 스텀프타운의 오너인 듀안 소렌슨이 자신은 커피를 하지 않았으면 디자이너가 되었을 거라는 인터뷰 내용을 보게 되었다. 스텀프타운의 인테리어를 비롯한 소품과 여러 가지 번뜩이는 아이템들은 결국 듀안 소렌슨의 커피에 대한 열정과 디자인 감각의 결정체였던 것이다.

그뿐만이 아니다. 스텀프타운에서는 매일 오전

11시와 오후 3시에 손님들을 위해 공개 커핑을 진행하고 있었다. 이것은 나에게 매우 신선한 충격으로 다가왔다. 무언가를 매일 규칙적으로 하는 것만큼 어려운 일은 없다. 그런데 그들은 원하는 손님이 있든 없든 매일 하루도 빠짐없이 공개 커핑을 진행하고 있었다. 나도 스텀프타운을 방문할 때마다 커핑 세션에 참여하곤 하는데, 간단하고 단순한 커핑법이지만 소비자들에게 커피의 맛과 향에 대해 설명하고, 왜 산지마다 커피 맛이 다른가를 이해시키기에 이보다 더 좋은 방법은 없다고 느꼈다. 또 언젠가는 산지에 관한 짧은 영상자료를 만들어 소비자들에게 배포하고 있었는데, 내가 보기에도 산지를 이해하는 데 아주 좋은 교육자료였다. 스텀프타운은 이처럼 대중에게 커피를 알리는 데 여러 가지 매체를 적극 활용하고 마케팅과 연관시키는 적극적이고 세련된 회사였다.

스텀프타운은 2004년까지는 수입업자들에게서 커피를 구매했고, 산지를 방문하는 데도 그리 많은 시간을 쓰지 않았다고 한다. 그러다가 듀안 소렌슨이 산지를 방문하게 되면서 커피 품질의 다양성과 중요성에 대해 인식하게 된다. 그리고 스텀프타운이 번창하며서 2007년에 그리스 출신인 알레코 시고우니스를 그린빈 바이어로 기용하게 된다. 나는 알레코와 코스타리카에서 처음 만났다. 요즘도 케냐나 에티오피아 등지에서 종종 마주치는데 매우 예의 바르고 생기가 넘치는 청년이다. 건장한 몸집에 동그스름한 생김새를 가진 알레코는 만화 〈뽀빠이〉의 주인공과 무척이나 닮았다.

제3의 물결의 리더인 카운터 컬처, 인텔리젠시아, 스텀프타운은 생두의 품질이 곧 커피의 품질이 된다는 것을 남들보다 먼저 깨닫고, 이것을 끊임없이 실천하며 추구했다는 공통점이 있다. 좋은 커피를 얻기 위해서라면 이들

STUMPTOWN
COFFEE ROASTERS
stumptowncoffee.com
STUMPTOWN
COFFEE ROASTERS
stumptowncoffee.com
Holler 1   11-4
KILIMANJARO   11-4

은 언제 어디든 달려간다. 품질에 대한 이런 그들의 열의가 제3의 물결이라는 스페셜티 시장의 큰 흐름을 만들었고, 수많은 농부와 그린빈 바이어들에게 노력 여하에 따라 커피의 품질이 얼마만큼 달라질 수 있는가를 증명해보이기도 했다.

그렇기 때문에 나는 이들을 존경할 수밖에 없다. 산지를 방문하는 것은 상상만큼 낭만적인 일이 아니다. 많은 어려움과 수고를 감내해야만 한다. 게다가 이들은 지난 10여 년간 단순히 커피를 사기 위해서만 산지를 방문한 것이 아니라 농부들에게 커피의 품질과 농사법의 개량 등을 교육하면서 그들을 고품질 커피의 세계로 이끌어왔다. 나는 이 모든 일에 얼마나 많은 노력과 열정이 필요한지를 잘 알고 있다. 단지 산지를 다닌다는 이유만으로 커피업계에서 세 사람을 떠받들고 있다고 비난하는 사람도 있지만, 지난 10여 년간 이들의 이런 노력이 없었다면 결코 지금 우리가 마시고 있는 스페셜티 커피를 만날 수 없었을 것이다.

앞으로 이 제3의 물결을 등에 업고 미국 스페셜티 시장이 얼마나 더 발전할 것인가에 대해 많은 이들의 관심이 쏠려 있다. 동시에 점점 늘고 있는 스페셜티 커피의 소비를 과연 감당해낼 수 있을지에 대한 염려도 있다. 그러나 이렇게 끊임없이 품질에 대해 고민하고, 그 고민의 답을 찾아내기 위한 시도들이 계속되는 한 스페셜티 커피의 전망은 밝지 않을까 싶다.

JAPAN

일본은 보통 녹차를 즐겨 마시는 나라로 알려져 있지만 커피 소비에 있어서도 세계 4위를 차지

할 만큼 그 규모가 크다. 또 카페보다는 집에서 커피를 마시는 것이 일반적이어서 가끔 일본영

화를 보면 집에서 자연스럽게 커피를 내려 먹는 장면을 볼 수 있다. 최근에는 전체 커피 수입량

은 줄고 있지만 스페셜티 커피에 대한 관심과 수요가 높아지는 새로운 변화의 바람이 불고 있

는데, 일본 스페셜티 커피업계의 대부로 통하는 히데타카 하야시 선생과 마루야마 커피가 그

중심 역할을 하고 있다.

SYNESSO

일본 커피에 부는
새로운 바람

일본 하면 커피보다는 녹차의 이미지가 떠오르지만, 1987년 이후 일본은 매년 녹차보다 커피 소비가 2~3% 높아지고 있다. 2010년 일본의 그린빈 수입량은 약 730만 백(60kg 기준)으로 미국, 독일, 이탈리아에 이어 커피 소비에 있어서 세계 4위를 기록하고 있다. 인구당 커피 소비량은 약 3.36kg으로, 1.93kg의 한국과 비교해보아도 한 사람이 마시는 커피 양이 3배에 달한다.

일본 커피 시장의 흥미로운 점은 대부분 커피가 가정에서 소비되고 있다는 점이다. 일본커피협회의 통계에 따르면, 한 사람이 일주일에 소비하는 커피는 10.93잔으로, 이 가운데 6.74잔 정도를 가정에서 마시고 있다고 한다. 정작 카페와 같은 전문 커피숍에서 마시는 양은 채 한 잔도 되지 않는다고 하니, 직장과 학교를 제외하면 주로 커피숍에서 커피를 마시는 우리나라의 커피 문화와는 사뭇 다르다. 일본의 가정식 커피 문화가 이렇게 자연스러운 것은 그만큼 역사가 오래되었기 때문이다. 일본은 에도 시대 말기인 1853년에 개항을 하면서 커피가 일반인에게 널리 알려졌고, 이는 우리나라의 고종황제가 1896년 아관파천 당시 커피를 마신 것과 비교해보아도 40여 년이나 앞서 있다.

일본은 1877년에 커피 18백을 수입한 것을 시작으로 2006년까지 커피 수입량이 꾸준히 증가했다. 그러다가 2006년은 약 42만 2천 백을 수입한 것을 정점으로 수입량이 계속 감소히고 있나. 가장 큰 이유는 젊은 층의 커피 소비가 활발하지 않고, 콜라와 주스 등 다른 음료시장이 커지고 있기 때문이다. 그러나 이런 커피 소비의 감소 추세에도 스페셜티 커피만은 새로운 발전기를 맞고 있다. 커피 소비의 양적 증가는 멈춘 대신 스페셜티 커피 시장으로의 질적 전환이 일어나고 있기 때문이다.

일본 스페셜티 커피업계의 대부 히데타카 하야시

일본 스페셜티 커피 시장에서 빼놓을 수 없는 인물이 히데타카 하야시 선생이다. 여든의 나이를 바라보는 그는 일본 스페셜티 커피업계의 대부로 통한다. 하야시 선생은 일본 커피 시장이 한창 호경기였던 1980년대와 1990년대 초반부터 커피 산지를 다니면서 고품질 커피 중심의 시장 변화에 주목했다. 주로 인스턴트커피와 캔 커피를 마시던 시기에 일본도 미국처럼 스페셜티 위주로 가야 한다고 역설했다고 하니 실로 선지자임에 틀림없다. 그러나 당시에는 커피 시장이 호경기였고, 각종 캔 커피와 인스턴트 커피를 만들어내기가 무섭게 팔려나갔던 시기라 아무도 그의 말에 귀 기울이지 않았다고 한다.

그래서 하야시 선생은 커핑 교육을 통해 소규모 커피 로스터들을 중심으로 스페셜티 커피업계의 여러 제자들을 길러낸다. 이들이 장래에 생존할 수 있는 길은 결국 커피 품질을 높이는 방법밖에 없음을 강조하며 신진 커피 지식인들을 길러냈던 것이다. 그리고 이런 그의 노력은 전 세계 커피 시장에서 일본이라는 나라의 입지를 만들어냈다.

하야시 선생은 대쪽 같은 성격을 지닌 분으로 처음 그 앞에 서면 누구나 조금은 위축된다. 근엄한 표정으로 거침없이 직설적으로 말할 때는 감히 범접하지 못할 아우라가 풍기기도 하지만 가까워지면 그저 따뜻한 옆집 할아버지가 되는 분이다.

하야시 선생이 커피와 인연을 맺게 된 것은 마루베니丸紅라는 일본의 대형 종합식품회사에 들어가면서부터다. 도쿄대학을 졸업한 엘리트였던 그는 마루베니에 입사한 후 커피 수입에 관련된 파트에서 일하면서 본격적으로 커피 공부를 하게 된다. 그런데 당시 일본에서는 커피 관련 서적을 구하기가 힘들었고, 그는 아주 오래전에 번역된 책 한 권을 겨우 구해서 독학을 하게 된다. 그러던 중 브라질에 출장을 가게 되는데, 이것이 그의 첫번째 산지 방문이자 회사를 그만두게 된 이유였다고 한다.

"처음 브라질에 갔을 때 나는 정말로 화가 났어요. 책이랑 완전히 달랐던 거예요. 농장을 다니면서 그간 책에서 공부한 것들과 다른 게 너무 많다는 것을 알게 됐죠. 심지어 사진도 엉뚱한 것이 많았어요. 그런데 나는 그것도 모르고 몇 년을 엉터리 책만 보면서 공부했던 거예요. 생각해보면 그 책이 워낙 오래 전에 번역된 책이라 그랬던 것 같기도 해요. 시간이 흐르면서 산지도 변했을 텐데, 10년 전의 얘기를 지금 현장과 같을 거라고 믿고 있었던 거죠. 그 일로 커피를 제대로 알려면 산지를 찾아야 한다는 걸 알게 되었어요. 그래서 바로 회사를 그만두고 본격적으로 산지를 다니기 시작했죠."

회사를 그만두고 커피 컨설턴트로 일하게 된 그는 산지를 방문하면서 커피 공부에 더욱 매진하는 한편 국제 커피 기구에서 진행하는 구르메 프로젝트에 동참하는 등 다양한 활동을 통해 식견을 넓히게 된다. 이런 활동을 통해 그는 앞으로 커피 시장이 품질 위주로 갈 것이라는 확신을 갖게 되었고, 일본 커피 시장에 스페셜티를 알리기 위한 활동을 시작한다.

하야시 선생은 브라질 스페셜티를 일본 시장에 처음 소개하게 되는데, 이 일을 계기로 1999년 첫번째 COE 대회인 브라질 대회에 심사관으로 초대된다. 그는 일본에 COE 대회를 적극적으로 알리고 일본 로스터들의 COE 참여를 독려한다. 하지만 당시에는 커피의 품질에 대한 인식이 거의 없었던 때여서 설득이 쉽지만은 않았다고 한다.

그의 노력은 5년의 시간이 흐른 뒤에야 결실을 맺게 되고, 그와 뜻을 같이하는 소규모 커피 업자들이 생기게 된다. 이들 대부분은 작은 커피숍을 운영하는 로스터리 카페 주인들이었다. 당시 일본에도 스타벅스를 비롯한 대형 커피체인들이 들어서면서 소규모 커피숍들은 살아남기 위한 전략이 필요했던 것이다. 하야시 선생은 고품질 커피로 소비자를 잡지 않으면 대형 커피회사에 맞서기 힘들다는 충고로 이들을 설득하고, 경쟁력을 갖출 수 있도록 커피 품질을 구분하는 법과 COE 대회에 국제 심사관으로 참여할 수 있는 길을 열어준다.

당시 소규모 로스터리 카페 주인들은 비주류에 소수였지만, 커피의 품질을 높이는 것이 일본 커피가 가야 할 길이라는 것에 대해서는 모두 강한 확신을 가지고 있었다고 한다. 하야시 선생과 소규모 로스터리들의 이런 움직임은 일본 커피 시장에 스페셜티 커피를 소개하는 초석이 된다.

하야시 선생이 일본 스페셜티 커피업계의 큰 어른이라면, 겐타로 마루야마는 그 뒤를 잇는 차세대 주자로 주목받고 있다. 도쿄에서 1시간 정도 신칸센을 타고 나가노 방면으로 가다보면 가루이자와라는 고급 휴양지가 나오는데, 그는 이곳에서 자신의 이름을 딴 마루야마 커피를 운영하고 있다.

이제 갓 마흔을 넘긴 그는 비교적 젊은 나이지만 커피업에 종사한 지 이미 20년이 훌쩍 넘은 중견 커피인이다. 마루야마 커피가 위치한 곳은 삼나무들에 빼곡이 둘러싸인 경치 좋은 곳으로 커피 한 잔과 함께 조용한 휴식을 취하기에는 안성맞춤인 공간이다. 마루야마 씨는 이곳에서 무용을 하는 아내와 함께 커피숍을 운영하다 하야시 선생의 소문을 듣고 찾아가 커핑을 배웠다고 한다. 그러다가 2002년 처음 니카라과 COE 대회에 참석하게 된다. 그는 이 대회를 시작으로 기회가 있을 때마다 COE 대회에 참석해서 COE 대회에 가장 많이 참석한 심사관으로 기록되어 있다.

한번은 그와 함께 식사를 하면서 어떻게 스페셜티 커피를 하게 되었는지 물어본 적이 있다. 그런데 그의 대답이 상당히 의외였다. 그는 자신이 본격적으로 스페셜티 커피를 하게 된 것은 인텔리젠시아의 제프 와츠와의 만남 때문이라고 말했다.

"처음 제프를 만난 건 2003년 니카라과 COE 대회에서였어요. 나이가 비슷해서 서로 잘 통했죠. COE 대회가 끝나고 그가 시카고에 있는 자기 회사에 저를 초대했어요. 그래서 일본으로 돌아오는 길에 인텔리젠시아에 들렀죠. 그날 나는 엄청난 충격을 받았어요. 10년 가까이 커피를 했다고 자부하던 나였는데, 인텔리젠시아를 보는 순간 지난 세월이 무색해지더군요. 정말 충격이었어요. 잘 설비된 로스팅 공장과 포장 시스템, 직원들의 교육 체계, 판매 시스템과 고객 서비스 등 눈에 보이는 모든 게 선진적이었다고 할까요? 마치 우물 안 개구리가 우물 밖 세상을 본 듯한 느낌이었어요. 그래서 일본으로 돌아와서 처음부터 다시 시작한다는 생각으로 가게를 정비

했지요. 직원들을 다시 교육시키고, 커피의 품질을 구분하고, 시설을 점검하고…… 그리고 농장과의 직거래도 시작했죠.”

그의 이런 도전에 대해 다른 로스터들은 무모하다고 입을 모았다고 한다. 또 당시 그의 가게에서 소비하는 커피 양이 얼마 되지 않았기 때문에 때로는 직거래 운임 비용이 커피 가격만큼 들기도 했지만 그는 포기하지 않았다. 커피 품질을 위해서는 직거래가 가장 확실한 방법이라고 생각했기 때문이다.

“처음엔 힘들었습니다. 그 당시만 하더라도 모든 로스터리들이 생두업체에서 커피를 사고 있었어요. 로스터리 중에 직접 농장과 거래를 하는 사람은 아무도 없었습니다. 그래서 업계에서도 저의 직거래를 두고 말들이 많았죠. 생두업체들은 제가 시장의 질서를 무너뜨린다고 비난하기도 했어요. 그래도 저는 포기하지 않고 묵묵히 일을 진행했어요. 그렇게 3~4년이 흐르고 나니 다른 로스터리들이 저의 직거래에 동참하고 싶다고 연락해오기 시작했어요. 가격 때문만은 아니었어요. 가격은 오히려 비싼 경우도 많았으니까요. 품질 때문이었어요. 우리 회사에 필요한 커피를 스스로 찾아내고 선택할 수 있다는 것이 커피 품질의 변화를 가져왔어요. 그 후로 저는 커피 시장의 흐름을 놓치지 않으려고 쉴 새 없이 달려왔어요. 그리고 ‘아, 이 정도면 인텔리젠시아와 견줄 만하지 않을까’ 하고 그들을 쳐다보니 그들은 또 저만치 앞서가고 있더군요. 대체 언제쯤 앞서갈 수 있을까요?”

브라질에 갔을 때 나는 마루야마 씨와 직거래를 하고 있는 농부와 만나 이야기를 나눈 적이 있다. 그는 커피를 사겠다며 일본에서 날아온 메일 한 통이 거래의 시작이었다고 말했다. 커피를 사고 싶다는 마루야마 씨의 메일을 받고 그는 커피가 얼마나 필요한지를 물었고, 20백을 사겠다는 마루야마 씨의 답장을 받았다고 한다. 마루야마 씨는 편지에 지금 살 수 있는 양은 20백밖에 되지 않지만 곧 한 컨테이너를 살 수 있을 거라고 확신하고 있다고 덧붙였다.

그해 농부는 마루야마 씨에게 커피 20백을 팔았고, 그다음 해도 20백

을 팔았다. 그리고 2년 후엔 그의 장담처럼 컨테이너 하나 분량을 팔 수 있었다. 농부는 지금은 2~3배 분량을 팔고 있다고 했다. 그것도 아주 좋은 가격에 말이다.

이 이야기를 들려주며 농부는 마루야마 씨를 만난 후에 스페셜티 커피에 대해 생각이 많이 바뀌었다고 말했다. 마루야마 커피가 보여준 스페셜티 시장의 가능성 때문에 자신도 더욱 확신을 가지고 스페셜티 커피를 할 수 있게 되었다고도 했다.

미루야마 씨의 새로운 도전 이후 일본 내 소규모 로스터리들은 빠른 속도로 변하게 된다. 그들 역시 무언가 변화가 필요하다는 생각은 하고 있었지만 실행할 용기가 부족했던 것이다. 그러던 그들이 마루야마 씨를 통해 스페셜티 커피의 가능성을 확인하고, 로스터리들끼리 연합을 만들어 공동구매를 시작한다.

현재 일본 내에는 이렇게 만들어진 공동구매팀이 여럿 있다. 규모는 천차만별이지만 좋은 커피를 하겠다는 열망만은 규모에 상관없이 매우 강하다. 이런 소규모 로스터리들의 고품질 커피로의 전환은 일본 커피 시장에 스페셜티 커피라는 새로운 흐름을 만들어냈다. 이 때문에 일본 전체의 커피 소비량은 줄고 있지만 스페셜티 고객은 점점 증가하는 또 다른 변화를 만들어내고 있다.

일본 커피 시장이 꼭짓점을 찍었다는 이야기들을 많이 한다. 커피를 마시는 인구가 중장년층으로 쏠리고 있기 때문에 미래가 더욱 어둡다고 말하는 사람도 있다. 하지만 이런 가운데서도 마루야마를 비롯한 스페셜티 커피숍들은 손님이 계속 늘고 있다. 사람들은 점점 더 고품질 커피를 찾고 있고, 맛있고 품질 좋은 커피 한 잔을 위해서라면 흔쾌히 1달러 혹은 100엔을 더 지불할 준비도 되어 있다. 이것이 지금 일본뿐 아니라 전 세계에 불고 있는 스페셜티 시장의 현주소이다.

丸山珈琲

테라로사 커피 로드

© 2011 이윤선

1판 1쇄　2011년 12월　1일
1판 7쇄　2020년　2월 19일

지은이　　이윤선
펴낸이　　김정순
기획　　　이은정
책임편집　이은정 박상경
사진　　　테라로사
디자인　　김리영
마케팅　　김보미 양혜림 이지혜

펴낸곳　　(주)북하우스 퍼블리셔스
출판등록　1997년 9월 23일 제406-2003-055호
주소　　　04043 서울시 마포구 양화로 12길 16-9 (서교동 북앤빌딩)
전자우편　editor@bookhouse.co.kr
홈페이지　www.bookhouse.co.kr
전화번호　02-3144-3123
팩스　　　02-3144-3121

ISBN　978-89-5605-555-8　　03810

이 도서의 국립중앙도서관 출판시도서목록(CIP)은 서지정보유통지원시스템 홈페이지(http://seoji.nl.go.kr)와
국가자료공동목록시스템(http://www.nl.go.kr/kolisnet)에서 이용하실 수 있습니다.(CIP제어번호:CIP2011004876)